七十五页

[法]马塞尔·普鲁斯特 著

杜青钢 程静 译

海天出版社
·深圳·

图书在版编目（CIP）数据

七十五页 / (法) 马塞尔·普鲁斯特著；杜青钢，程静译. — 深圳：海天出版社，2021.9
（左岸译丛）
ISBN 978-7-5507-3247-6

Ⅰ.①七… Ⅱ.①马… ②杜… ③程… Ⅲ.①长篇小说－法国－现代 Ⅳ.①I565.45

中国版本图书馆CIP数据核字(2021)第156244号

七十五页
QISHIWU YE

出 品 人	聂雄前
责任编辑	岑诗楠
责任技编	梁立新
责任校对	万妮霞
封面设计	蒙丹广告

出版发行	海天出版社
地　　址	深圳市彩田南路海天综合大厦（518033）
网　　址	www.htph.com.cn
订购电话	0755-83460239（邮购、团购）
设计制作	深圳市龙瀚文化传播有限公司 0755-33133493
印　　刷	深圳市华信图文印务有限公司
开　　本	889mm×1194mm　1/32
印　　张	5.25
字　　数	58千
版　　次	2021年9月第1版
印　　次	2021年9月第1次
定　　价	42.00元

版权所有，侵权必究。
凡有印装质量问题，请随时向承印厂调换。

普鲁斯特(1871—1922)

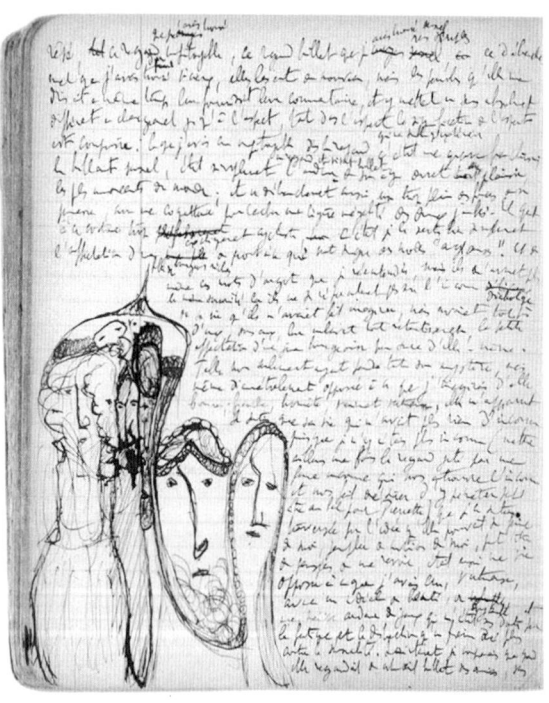

普鲁斯特手迹

译 序

或许是一线缘分，我刚刚写完一篇介绍普鲁斯特的短文，就听见微信叮咚一响，滑开一看，是小跃兄发的短信："教授吉祥，译这本书，可有兴趣？不到五万字。"我打开随行文档，原来是众人期盼已久的普鲁斯特手稿，已成书，2021年3月18日将在法国出版，题为《七十五页》，红书腰上写了一行字："《追忆逝水年华》从这里开始。"我心头一震，喃喃自语：这是一个大事件，论重要性，相当于我们找到了《红楼梦》的后四十回。我当即回复："虔诚领命，立马开工，争取做点成绩。"说这番话是在3月12日,离《七十五页》的首发日还有六天。在我国的翻译史上,这等迅捷也许是个特例,不得不佩服小跃兄的眼光和学识。

谈起法国文学,总绕不过普鲁斯特,离去不足百年,他的七卷本《追忆逝水年华》(下文简称《追忆》)隆起了法兰西小说的喜马拉雅山,有如我国的《红楼梦》。新纪元法国作家大排名,普鲁斯特坐上了第三把交椅。雨果排第一,他更全面,既作诗,又写小说剧本和文论,每一档,都出类拔萃。还当议员,画画,做木工。文豪停丧那几日,一千多个小乞丐自发聚集,灵车刚开动,大伙脱帽抛向天空,同声高呼:雨果万岁!莫里哀排行第二,间隔三百多年,他的剧目上演率高居法国榜首,他的鼎鼎大名已成为法语的代称,人们常说,C'est la langue de Molière。再往后是波德莱尔、拉封丹、加缪、福楼拜、巴尔扎克、卢梭等。

译　序

　　普鲁斯特的主体成果只有那七本书，却峰峦叠嶂，曲隐妙曼，又像我们的家，饱含日常情怀，见长于内心感受，紧接下意识，读起来，更考验人类的心智。瑞典学院曾说，我们的最大遗憾是没有给普鲁斯特颁发诺贝尔文学奖。也怪不得当年的几位评委。大作家生于1871年，只活了五十一岁，获龚古尔奖后，名声大作，仅三年，匆匆走进拉雪兹神父公墓。去世第五年，《追忆》才出齐，后三卷由侄女苏西与保朗等名家合作整理而成。1949年，法卢瓦（1926—2018）从苏西手中得到一批手稿，整理三年，出版《让·桑特伊》，这是一部没完稿的自传体小说。又两年，推出《驳圣伯夫》，一举鲜活了法国的文学批评观念。

　　在《驳圣伯夫》的前言里，法卢瓦用一页的篇幅隆重推出《七十五页》，择录如下："手稿有七十五页，大开本，分为六章，全都用到了后来的《追忆》里，比如，对威尼斯的描写，巴勒拜克的时日，沙滩少女，睡前一吻,地名的诗意以及两个一边。可以说,这是《追忆》的酵母。在这部手稿里,盖尔芒特叫维勒邦,斯万还没出现,他的角色分别由舅舅和布雷特维尔子爵承担。《七十五页》宛若一个资料库,作者不时取点什么,加以扩大,

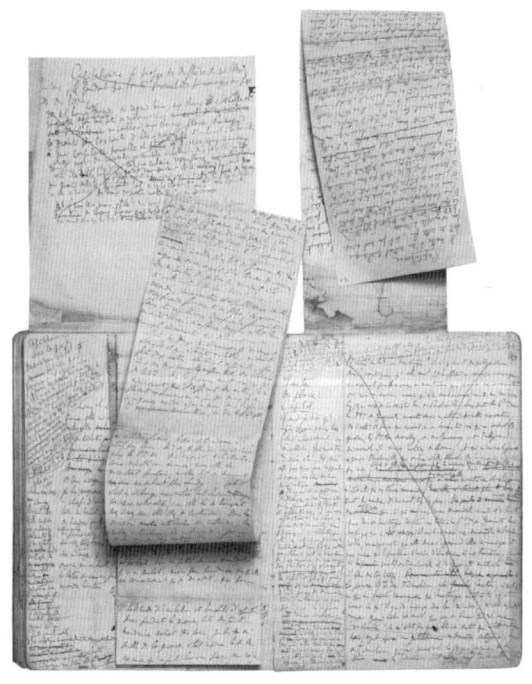

普鲁斯特文稿手迹

译 序

最后建起追忆逝水年华的宏伟大厦。"消息发布后,众人翘首以待,却久久不见后续。晃眼过了一个甲子,离世前,法卢瓦将手稿捐给法国国家图书馆。由伽利玛牵头,娜塔莉·莫里亚克-迪耶尔精心整理,编撰成书,让·伊夫·塔迪埃作序,注释等研究文字占了二分之一,堪称一部学术杰作。法国各大媒体及时预告,出版后,重点跟踪,轰动一时。

普鲁斯特的书,法国人几乎都读过,或一两册,或某个片段,至少也在教材里和它打过照面。完整读过七卷本的却只有757人,包括我指导的两个巴黎博士。时至今日,是否读了普鲁斯特已成为法国人衡量文化修养高低的一个尺度。有感于此,著名作家德莱姆撰文说:"在很多人眼里,读《追忆》成了一个标杆概念,未读而感欠缺,这是普鲁斯特所获的至高荣誉,独一无二。我看过一个电视节目,叫《普鲁斯特的读者》,这个标题很难用于其他作家,即使他们名气更大。问是否读过七卷本，大多数嘉宾回答，还没有，我在等待一个脱忧去烦的特别时段。有的仅仅尝过那块小蛋糕，却睁大眼，腼腆说，要重新阅读普鲁斯特。"

我教研法国文学已有三十九个年头，坦直说，只读了《追忆》的第一册，应急又啃了几章，直取精华，合计五百来页。我认为，这已足够。书海无涯，人生有限，地球给每个人拉出了不同经纬。近几年，我更注重复读，最崇《道德经》，而后《红楼梦》。窃以为，就小说而言，后者才是世界之巅，是喜马拉雅山中的珠穆朗玛峰。法文书，主攻莫迪亚诺，在他的文脉里，我找到了自己的笔路。

《追忆》读起来最费劲，作者思绪连绵，落笔细腻，又拐弯抹角，句中套句，甚至唧唧歪歪。一时睡不着，可写五十多页。遇见一片玫瑰叶，可吟三百行。最长的一句达四页半，创造了文学的吉尼斯纪录。面对笔下的文本，普鲁斯特毕恭毕敬，绞尽脑汁，辗转反侧，靠在钱袋上，拿命去写，常常五六周不出门。修改起来也很经典，《在斯万家那边》被伽利玛拒绝后，作者又找格拉塞，自费出版，谈定的价码是一千二百法郎。校样出来后，却大删大改，某些添加部分超出原稿两三倍。至第三校，还花里胡哨，到处贴着添加页。结账时，出版商追加了一千八百法郎的修改费，比出版价还高。

从某种意义上说，也是疾病成全了七卷本。普鲁斯特患有严重哮喘，高度神经质，十岁发病，拖累终身。1906年年底，父母都已故去，他搬入奥斯曼大街102号，全身心投入创作。这是一套豪华公寓，在二楼，有三间房，两个大客厅，他却在卧室写作。大作家怕风，惧花粉，畏声音，窗帘长年紧闭，房内持久亮灯，四壁镶着软木块。在此处，普鲁斯特住了十二年，写出《追忆》十分之九的篇幅。而今，102号故居被巴黎银行占据，那间卧室却空着，窗帘软木依旧，长年对外开放，前来拜谒的人络绎不绝。

随口说一说经济。普鲁斯特家境优渥,一生不用上班,父母离世后,留给他一大笔遗产,光利息,每年可得二十万欧元。除了女仆,他雇了司机,买过飞机,晚上常叫用人去昂贵的丽兹酒店端几个菜。写累了,去那儿喝个茶,会会文友。巴尔扎克说,文学不养人。普鲁斯特却用钱养出七本卓越的书。离世前的春上,他高声宣布:我的书终于画上最后一个句号,现在,我可以死了。后半年,他全力修改《女囚》,得了肺炎,拒不就医,弟弟多次劝说,无果。1922年11月28日,大作家与世长辞。临终前使出最后一口气,让女佣在手稿上添一句:拜尔勾特拿起笔,却永久闭上了眼。

地球公转了九十九圈,时间盖棺定论。对于世界文学,普鲁斯特做了如下贡献:以文字契合表达人类心理活动,他走得最远,写得最细,依托通感,开创了著名的意识流。在他笔下,一声马蹄可响出某贵妇的华丽沙龙,有声

译 序

有色有形体。一块蘸了茶水的小蛋糕唤出了整个童年天地,那儿鸟语花香,钟声悠扬,外婆在雨中散步,溅了一身泥。又声情并茂地再现了三十年间巴黎的上流生活和富态人家,刻画了两百多个鲜明人物,还敢为人先,开拓了人类的码字空间。《追忆》里重点描写的地方,成了法国的著名景点,也是世界名胜。

明年是普鲁斯特逝世一百周年大纪念,海天出版社及时推出《七十五页》,为国内外国文学研究做出了一大贡献。法文原书是一个特殊文本,全书380页,页边注释占156页,每页还有脚注,后附82页写在作业本上的相关手

七十五页

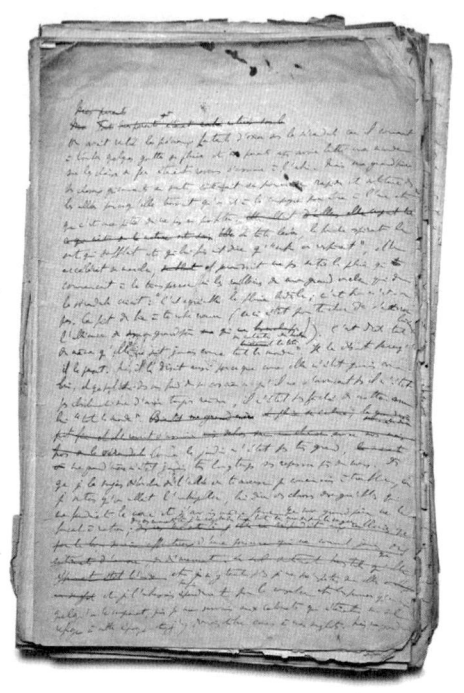

稿,绝大多数未曾出版。页边注重点解说文本内涵和互文关系;脚注一一列出修改细节,标出原有的语法或拼写错误,以及某一词句的变体,显现创作心迹,透明成书路径。行文中还有许多标记,有的段落出现两三个版本,有的章节中途断去。涂改不明或空白处,整理者又删去，填补了某些词句，数量不算太多。我们现在推出的是一个"洁本"，不含任何注释说明，也没有收入法文原版的前言后记等辅助资料，以期献给读者一个原汁原味的文本。

与文本相应，翻译普鲁斯特是一项艰难使命，动笔前，我们立下一项基本原则：尽可能忠实原文，语句的长短，以原文的标点为准。有时候，作者一连用了七八个je pense，我们也保持相应的单调。有些话颠来倒去，磕磕绊绊，我们设法托出原貌。毕竟，这是一部初稿，其价值恰恰在于开端的不完美，在于成书的轨迹。相对而言，第一篇更为圆润，自传色彩浓厚，里面用的全是真名。开初的哭声更大，泪水更赤诚，落到《追忆》里，却成了有克制的幽咽。

因赶时间，本书由我和程静副教授共同翻译，我译前三章，她译后三章。初稿拿出后，相互修改，冷却再改，深知能力有限，拿起笔来都很认真。先前我们各自译过多部法国

七十五页

名作,有小说、诗歌,也有文论。本书完稿后,两人异口同声:纵观法兰西,横看塞纳河,最难翻译的是普鲁斯特。也收获了一抹信心,曾经沧海难为水,以后再难的文本,我们都敢接,能否译好却是另一话题。翻译无止境,只能努力再努力。不当之处,敬请各位多多指正。关闭电脑推开窗,法国梧桐已茂绿,两人自言自语:喝了源头的水,我要重读普鲁斯特。

杜青钢

2021年5月2日于珞珈山

目 录

乡间一夜 1

在维勒邦那边和在墨色格丽兹那边 43

在海边的日子 69

少女们 85

贵族姓氏 99

威尼斯 117

普鲁斯特生平与创作年表 126

少年时期的普鲁斯特

乡间一夜

七十五页

　　珍贵的柳条椅已搬入凉廊,因为下了几滴雨,父母在铁椅上持挺片刻,也坐进了屋。两鬓苍苍的外婆还在花园小径上散步,独一人,步履偏急。她认为到了乡下,就该多处露天,不享其中乐,实在太可惜。外婆扬起头,迎着风,欣欣然说:"终于可以呼吸了!"她在风中加快步伐,似乎感觉不到落击身上的雨点,也觉不出舅公①的揶揄。舅公在凉廊高喊:"阿黛尔,雨水很惬意,是吗?很享受,不是吗?对你的新裙子很有益处(这么说是想与连连摇头的外公结个盟)。也咄咄怪了,她总与众不同。"他这么说是因为他心里就是这么想的。还因为,

---
① 原文为grand-oncle。

外婆跟他总不一样,在内心深处,他拿不定谁更在理,于是一点不介意自列于众。花园面积不大,外婆走一阵又回我们身旁,每次见她走到拐角处,我都瑟瑟发抖,因为我隐隐感到大伙又要质问,说些令人不快、让我心碎的话,更怕外公强迫她进屋;这时候,我就想杀了所有人,为外婆出气;有时把持不住,我会奋力跑过去,狂力亲吻,以此安慰外婆,证明至少有个人理解她,然后跑进卫生间,当时我唯一的避难所,在那儿,我可以尽情地哭。对各种冷嘲热讽,外婆只和蔼一笑,仿佛参与他们对自己的嘲讽。她从不怨天尤人,在她对别人的感情里,只有爱和绝对忠诚。确切说,也有愤怒,经常有,但怒的对象只有一个人,那就是她自己,老人家没有虚荣,没有自恋,没有利益纠葛,她来到世上似乎只为牺牲自我,献出生命。就算无端把她关起来,判个死刑,她

七十五页

都无所谓。看见父亲不得已让我多吃一个巧克力泡芙,或允许我比平时在客厅多待一小时,她会气得浑身发抖。散完了步,雨也停了,外婆从容返回,和我们坐在一起。只不过,我们在凉廊,她在屋外。外婆走的时间不太长,小径还没湿透,深紫色的裙子却布满了黄泥;想象丰富、心存高远又无虚荣心作祟的人,走起路来两腿常常一刻不停,一路放飞千种思绪,更会沾染污泥,甚至大片掀起,任泥点往裙上蹿,或污裙摆,或秽裤腿。外婆看着花园,一言不发,或许在想别的事。舅舅①已发现,新园丁把花园整变了样,外婆很不满,沉默之中含有责备,舅舅察觉到了,于是大声说:"阿黛尔,你不觉得我们的花园挺好的吗?肯定不会,我们觉得好的你都看不上眼。"新园丁到来后,修剪了树枝,外婆更怀念昔日的繁茂,那里有

---
① 原文为oncle(下同)。

天然的自由。园丁在草坪中间拉出线条，用石莲花造出一枚十字勋章图案，又借口制橙花精，说服舅舅允许他摘去门口橙树上的所有小花，外婆为此痛心疾首。可以说，自从不许我们光着腿出门，外婆从未这般难受。不遂意的事，接二连三，新来的厨子净做"变形"菜；出于某种情怀，请的钢琴女教师奏渐弱音阶，不用双手弹，更添加了外婆的忧情。每一年，她都要带我们去海边，让我们随她的意趣生活。价位太高时，便想让我们住阁楼，但要"阁"在沙滩上。对于城中的宫殿，她兴味索然，不领我们去看一眼，总怕失去呼吸好空气的时机，即便只有一小时。那些开车散步，到了乡下却待在家里，或去娱乐场的人，只能引发她深深的怜悯。我们早上去海滩，她把折椅放在水边，随着大浪上上下下，来来回回，我们在一旁玩沙。中午吃饭总很紧凑，我们把折椅放在沙滩上,它常常被海浪或行人掀翻。回到住所后,外婆又迭迭后悔,说没让我们参观某个著名景点,没去那简朴宏伟可与大自然媲美的名胜。再去那地方时,我们早上五点动身,不取铁路坐马车,走了八十公里,既没看到教堂,又没赶上回程火车,卡在那儿,无法通知我们惊慌失措的父母。每到一处,我都恋床,喜欢躺着,一连半个月不厌倦。外出期间,外婆每每亲自写信,把我们的消息告诉父母。让我们动笔而失去一小时的新鲜空气,在她眼里,是一大罪过。但她的信难以辨认,所以每年她动身去旅游时,舅舅都这样对她说:"回来后你再给我们读你的信。"还有一大障碍,外婆秉性风趣,有文学修养,出于谨慎,她在信中从不用真名,又喜欢暗示,惯于影射,或用图形和谜语,别人却不知所云,事后问她,她搜肠刮肚,也道不明说什么事,指的是谁。这一切都无足轻重，因为外婆常常忘记写地址，偶尔写了，邮差也难得认出，她寄出的，大多成了死信。某些幸运寄到的，我找到几封，是母亲在她死后敬存下来的，努努力，可以辨出，信全都操她惯用的笔法，内容又像天书，谨举一例：

我的女儿：

　　昨日抽出迪朗达尔漂泊的荷兰人又说太太我打扰您了。啊，疯子，疯子，疯子。我们被庸医打断，母亲你是舞会的女王。他宣称孩子们贫血。这马绪，我从四千年看他，你们自然比我清楚该如何回答。不好意思，我在艾堂浦。我给你寄了两三封"上吊吧塞维涅"，价值连城。你们收到了米罗蒂的燕子吗？

　　暌隔二十年，我几乎还能辨认全文。"迪朗达尔"是一把名剑，主人乃《罗兰之歌》中的罗兰。"抽出迪朗达尔"表示愤

七十五页

怒，或支持某人。《漂泊的荷兰人》是作曲家瓦格纳的《幽灵船》的副标题，我们用它指称一个荷兰银行家，也是音乐迷，大伙认为他有点像强盗。舅妈常为他辩护，但也说他的不是。那家伙是我们在海边认识的，很讨厌，常常说"太太我来打扰您了"，每次舅妈和我们闲聊，或读一本有趣的书，他便凑过来，坐在我们中间，嘴里说"太太我打扰您了"，也不看看我们的脸色。当着他的面，我们不敢抗议。他又没分寸感，总和舅妈说些他家的可笑隐私。为此，舅妈举出莫里哀的《多情的医生》中斯加纳艾尔的话："啊，疯子，疯子。"外婆和舅妈还遇到过一个庸医，不怎么专业，当着他的面，舅舅赏他一句作家拉比什①在《迷惑》中的一句

---

① 欧仁·拉比什（1815—1888），法国剧作家，法兰西学术院院士，创作了170多个剧本，大部分与别人合作，收入《戏剧全集》出版，共10卷。

名言:"不愿进法兰西学院的庸医!"因为舅舅只信"有正规职衔、有医院支撑"的医生,其他的他都嗤之以鼻。"母亲你是舞会上的女王"是一个小傻蛋在舞会上对他母亲说的一句话。他母亲长得奇丑。大伙常举这句话为例,告诫我们不要随便恭维家里人,也不要太信别人对自己的美言。后来我说了母亲几句好话,她便取笑说:"母亲你是舞会上的女王。"我说"庸医"出自拉比什的《迷惑》,是因为那几年这位作家的戏剧火得很。后面两句出自他的《语法》。"马绪"是个兽医,"他看你时,眼中装着一头牛"。另一句是:"我人在艾堂浦,拼写法却在阿尔帕容。"信中隐示的"拼写法"指我母亲,她更了解我们的身体状况。"四千年"暗指拿破仑的一句名言,他在埃及曾说:"全体官兵们,别忘了,在金字塔上,四千年的历史正看着你们。""上吊吧塞

纳特·韦伊夫人,普鲁斯特的外婆

维涅"指那些写得不好的信（在所收的信中，外婆不看重字斟句酌，更欣赏高尚之思想、简朴之文风和优美书写）。"米罗蒂的燕子"一定是"半烤（demi-rôties）的燕子"，为了自娱自乐，外婆写字，常常脱凡出俗横着来。"半烤的燕子"到底指什么，我费九牛二虎之力仍不得其解。几位当事人都离世了，他们若在，或许能给出答案。

我想我曾任凭舅舅对外婆说："阿黛尔，你不喜欢花园吧？"舅舅已表现出敢顶撞的英勇，怕引发太大争论，只道："好了，我们都进屋去吧。"害怕绊脚，我们把木凳塞入椅子下，尔后进入客厅，因为离晚餐还有一个多小时。我的心头飘出一朵愁云，晚上吃饭舅舅要请他引以为豪的两个朋友，夫妻俩，人称布雷特维尔子爵及其夫人，舅舅想让两位看看他的屋子，认识他的侄儿嫂子等（也期待我们赏识两位贵宾）。大殷加小勤，园丁百般讨好，已让舅舅睁只眼闭只眼，所以悄悄摘去了橙树上的花，最好的花，私下拿去卖了。又在所有的瓶罐里插上别的花，而外婆却喜欢自由散放的花卉，结果这园丁成了舅舅与外婆争论的焦点。外婆曾说这个园丁不会扎花束，"我虽不是园丁，让我来，也不是这个模样"。一如她说："我不是钢琴教师，但我知道不能故作高深用肖邦的波兰舞曲弹下行音阶。""我不是医生，但我知道法兰绒和过多甜食对孩子有害。"那些插好的花束，舅舅却喜欢，他认为，这可在子爵夫妇眼中增强豪华感，转念又来了气，因为他想起最近一次与外婆的争吵，怕她又喋喋不休。舅舅想得没错，外婆曾发誓，不再多言多语，但见到瓶装花，又控制不住，随手拨一枝玫瑰，想摆出更随意的形态，或许没放稳，花瓶被带翻了,水泼了一地。外婆当即道歉,脸上却泛出微笑,喃喃道:"即使碎了瓶毁了花,也不算什么坏事。"舅舅毛发直立,怒火中烧。随后上了灯。每天看到灯火,听到拉窗帘的声音,我的心都会一紧。因为再过几小时,我又要向妈妈说晚安了,于我,那是最恐怖的时刻,我离开妈妈,上楼回房,只觉生活抛弃了我,而后陷入无名的痛苦,待在房里,用心聆听楼下的一言一语一举一动,直到辗转反侧艰难入睡。并非每次都睡得着。

灯盏端来后,我无暇他顾,坐在椅子上,一动不动,两眼直愣,焦虑尚未升起,却已忧伤,十分难过,老想着时间不多了,幸福将从我的眼前溜过。只有外婆不愿上楼换衣服,她认为,在乡下无需衣冠鲜亮。下楼后,舅舅看见她还穿着刚才散步的裙子,想到来客,勃然大怒,愤愤嘀咕了一句,具体的，我没听清楚，好像是"可恶"。他心意已决，要让贵客把外婆当成疯子。这天晚上，我尤其痛苦，因为我不能上桌，晚饭前，就得向妈妈道晚安，八点半上楼睡觉，而妈妈还要留在楼下用餐。每个晚上，我都很难受，满脑子想着，我才亲过妈妈，要以吻后的余柔自我平息，立刻上床，不断说服自己，她的脸颊还贴着我的唇，我要赶在分离的焦虑袭来之前入睡。很可惜，我常常做不到。剧痛前的半小时，我像一个被判了刑的犯人，频频恳求再延长几分钟，我求以目光，助以手势，舅舅外公都说八点半对小孩来说已经够晚了，却不知他们的"良言"对我是多么大的打击。最后几分钟到了，家人说什么，我都听不见，我静静地看着妈妈，她美丽的脸庞如此温柔，又那般残酷，居然不愿减轻生活对她孩子造成的种种折磨（这等生活我哪能多想）。我在上面寻找将亲吻妈妈的地方，排除杂念，专心设想与她的脸相应的色彩和形体，以便当我的唇贴上她的脸时，脑中能直接获取面颊的滋味，牢牢记住那珍贵的一吻，因为大人不让我多吻几次，说那样很可笑。那个吻，我能记住整个过程，让它在脑中延长。进了房，当我喘着粗气，为离开妈妈倍感孤独，我可打开由智力保存的记忆，如领圣体饼，那里有妈妈的血肉。确切说，对母亲脸颊的回忆更像是现代科学的神圣面饼，我掰开它，送到嘴边，让唇部觉出面颊的温润，如同一片麻醉药，我从中找见了睡眠。而且，我常常待在另一间房，努力吸引妈妈的注意。上床后，能让妈妈到我房里说一声晚安，那该多好啊！如此，我就能像不可磨灭的印章一样，牢牢留下她的吻，以此抗击心中的恐慌。还有一弊，她的脚步夹带我的恐惧，她匆匆进来，又要离去，我听得见她裙摆荡向房门的

七十五页

声音,门一关,我又不能亲吻妈妈了。有时候,我会喊"妈妈,妈妈",次数却不多。我的神经质会让她伤心,或者发怒。她一怒,由亲吻带来的所有温存都烟消云散,留给我极度的不安。有时候,我掂量着是否该叫她,听见她下楼,即将去院子里,我猛然跃起,冲出去,在楼梯中间拦住她。我几乎是粗暴地恳求她不要生气。然而这一天,我被迫提前半小时向妈妈告别,而后上楼睡觉。在这之前,我什么都试过了,哀求妈妈,大胆缠爸爸,给外婆写便条,最后跪在妈妈面前,一切的一切都无济于事。突然间,门铃响了,布雷特维尔子爵来了。我筹谋如何拉长的那个吻,它始于凉廊,穿过我的晚餐,经过楼梯,直上我房里,这会儿我却不能全神贯注将它独自送给妈妈。我像患了狂躁症,关上门,还要看几眼是否关严。妈妈匆匆吻过,我拉住她,连声哀求。她急促推开我,生怕爸爸瞧见怪她迁就,挂着麦秸绳的蓝裙从我臂中飘然而去,她用责备的语气对我说:"好了,好了,亲爱的。"为了避免增添我的伤感,她的责备声比平时温柔,恰好爸爸转过身,怒气冲冲地说:"够了,让娜,这太可笑了。"我立刻逃走,却感到心儿没有随我来,它还留在妈妈身边,她没有用惯常的吻来获得离开或陪伴我的许可。我试图克服焦虑,一直待在楼下(只有十来分钟了),尽力不想上楼的时刻。我试着读几行书,看看美丽的玫瑰,听隔壁的钢琴曲。可心中一旦裹了忧伤,什么都进不去,再美的事都只能待在外面。焦虑的人常常两眼茫然,别人说什么,他都充耳不闻,再美再欢的事,他也视而不见。眼睛直瞪,如有灵魂,专注于外,纤毫不入。我不愿预想痛苦,却难以做到,在脑海里,我已来到前厅,走到楼梯旁,马上要上去,临近卧

七十五页

房，每一步都很残酷，仿佛走向断头台。八点半我就要扭开那扇柳木方格门，满鼻都是楼梯油漆的味道，还有悬挂的条条带带，它们与我的忧哀编织在一起，模模糊糊，彰显更烈的痛苦。木门萦缠我，宛若梦中的恶魔，同一个念头飞快奔跑，拖出更痛的感觉，如此痛苦，以至醒来时，我感到一阵轻松，那朵想夺的花，原来只是剧烈的牙疼，那位想举起的姑娘，只是一时的胸闷。闻到楼梯的油漆味，我的忧愁尚模糊，很可能它会甚嚣尘上。于是开始攀这迷宫般的楼梯，每一步都在远离妈妈，临近我的监狱。为时已晚，我不能回去（事已艰难）再和她道一声晚安。迷宫带来超常的痛苦，即便白天（当一天过半，我还能与妈妈待几小时，或厨房的芳香会多飘出几刻美妙时光），有时我需要上楼拿点什么，一无凶险，进了房，还将出来，看看那张我不用立马去睡的床，不像晚上如上绞刑架般，如同在戏院里看到的死有别于真正的死亡，还有许多"即便"，每次上楼，我都隐隐恐慌。在这些洒满阳光又宁静的阶梯上，我匆上匆下，总会想到晚上我被迫走向不安的台阶，每晚令我痛苦的这一舞台即便在白天都会保留几丝阴森的印象。

来到前厅，我点起蜡烛，却感到难以抬脚，如同某个关好了行李箱的游人犹豫不定，或觉得走不到火车站。已准备好的行动，又无力完成，却步步靠近，想免免不了，那个疼真是一言难尽，如同与情妇吵了架，慢慢扣上手套，走向那道不愿跨过的门。蜡烛点亮了，我又决然吹灭，蹑脚走向客厅，给妈妈写了一封短信，"出于不便写出的原因"，恳请她晚饭后来我房里一趟。我对老用人说："天啊，来吃饭那人的情况，妈妈叮嘱我告诉她，我居然给忘了。难道她没找人向我催问？一定是忘了。她会气愤的。快让奥古斯特把信转给她，不然，她会骂我的。"老用人将信将疑，还是把信交给了奥古斯特，回复说，吃饭时不可能传信，只有等到喝咖啡。我欢欣等待，面对的不再是我的卧室，而是妈妈，即便她怒气冲冲。很不幸，妈妈传来话，她不可能过来，说我早该睡了，要我立刻上楼，她很不高兴。我悻悻走上楼，进入卧室，关上百叶窗，拉上窗帘，筑起自己的监狱，窗下是花园，天气若好，他们刚才或许去那儿喝咖啡了。我铺开被子，整理好床，那是狱中狱，里边只能翻动我的身体。我躺在床上一动不动，心儿怦怦跳。在巴黎的卧室，我的目光与家具之间有一种温柔的和谐，那里看到的诸物仿佛是目光的延续，既是我，也是它，可以装入身体。在这个新卧室里（我们才来几天），我觉得被陌生人包围，灵魂不敢伸展。吊钟的外形，它的滴答，香根草的气味，红色的窗帘，对我来说，都像不好消化的新食物，被我的眼鼻耳吸收后，难以纳入，之于整体的我，是真正的精神囚禁，加剧了我的悲伤。我试图漠然不动，不求甚解，一遍遍吟诵我喜欢的诗句。我凝视着吊钟伤人的形态，还有壁炉上的大烛台，它以带着敌意的沉稳，维护其上摇晃笨重的各个部件。我努力说服自己香根草的味道没有痛苦的含义，奋力回想冬天我在巴黎泡的香茶；同时感到遗憾，吊钟犹如某个生人，丑陋无比，漠视我的不幸，坚如磐石地快乐，忽略我们，无视我们的存在，一瞬之间，夺走了我们的生存价值。它在我的房里，不断摆动，不停滴答，以此张扬自己的存在。我一遍遍地对自己说，凭以往的经验，我知道，一周后，屋里的这些恶魔都将被制服。

七十五页

在我耳朵里，吊钟的滴答会变成老用人与我的闲谈，一旦没了香根草，我或许会觉得氛围怪异得令人窒息。即将入睡时，我又起来找手帕，发现给妈妈的包裹上放着一块"头巾"，在巴黎，妈妈晚上进城吃饭时总披着它。一切准备就绪来到前厅，妈妈才会说："欧也妮，把头巾拿来。"此刻已超过了预约时间，爸爸在房外等了七十五分钟，恼羞成怒，每过一刻钟按一次门铃，最后大声催："快去告诉夫人，已经八点，我们已迟到半小时。"看到那头巾，我想起妈妈的急迫，听见爸爸怒责，她不停地颤抖，反复请他别生气。我为妈妈的匆忙难受，又担心她受凉，听她对爸爸说："我知道迟到了。"我想大哭一场。想到妈妈的悲伤（爸爸使她成为最幸福的女人），我陷入深深的痛苦，止不住又想用吻去安慰她，也安慰我自己，同时清楚，在明天早上之前，我的冲动无法落实，首先我得睡觉，也就是说，要放下她，忘掉她，为她死去。转念之间，我的心狂跳，猛然高兴起来。我不顾一切，决定起床。妈妈去卫生间时，我在半路等她。恰好，响起了开大门的声音，子爵夫妇要走了，我知道爸爸明天一早外出，父母即将上楼。我轻轻打开窗页，听见了舅舅和外公的脚步声，他们在送客。

很快，楼下传来舅舅和外婆的激烈争吵声。"你想怎么样？"外婆说，声调轻柔而坚定，"他有可能是一位优秀男子，头发比我多，却不高雅。""你说什么，不高雅？"舅舅叫起来。声调表明，在他眼里，布雷特维尔子爵是高雅的化身，隔一会儿，又怒怒地说："提醒一句，在布雷特维尔-劳格耶，一切都属于他，在他的领地里，有两个村庄、一个湖、一个教堂、一个兵营，对,是兵营!"外婆道:"说'那不是秘鲁'的人并不高雅。奥古斯特比他高雅一百倍!"舅舅此刻没有感到被更高雅的男仆伺候的荣耀,愤怒地喊道:"尽说疯话。"外婆反驳:"通过我,布雷特维尔曾向朱丽叶特求婚(朱丽叶特是家里雇的短工,依她的举止、声音,据她写的信、表达的感情,外婆判定她是一位十分高雅的人),我劝朱丽叶特不要嫁给这等平庸的家伙。"舅舅说:"我发誓,她完全疯了。"对于高雅与庸俗,舅舅没有像外婆那样的超凡概念。他本人大手大脚,可以说,爱慕虚荣,常常拿出一半的收入接济他贫困的堂姐表妹,尽管从未见过她们。他经常与母亲争吵,不愿把所有财富当作养老金留给家里。如实说,舅舅具备了外婆欣赏的高贵品质。他已具备,却没意识到。在他眼里,那是布雷特维尔的专利,子爵是赛马俱乐部成员,掌管几家金融公司，哪会把一个女短工放在眼里。那以后，我们再也没见到布雷特维尔子爵。舅舅怪外婆待人冷淡，搞僵了他与子爵的关系。依我之见，实际上，是舅舅自己看清了子爵的人品，事后他和言道，看到沙拉里有鸡蛋，子爵说，在巴耶（即布雷特维尔邻镇）的上流社会，沙拉里一般不放鸡蛋。舅舅觉得荒唐，却没吱声，没生气，在内心深处他站在了更明智的父母的一边，不屑理会子爵的偏见。这一细节，我第二天才知道。随后家人又聚在一起，舅舅与外婆争论，我父母没有插嘴，也没为舅舅说话，原因在于他们觉得那个子爵不怎么样。我兴高采烈地听两人斗嘴，不可开交时，得有人打圆场，我不由自主地倍感轻快，跺着脚高喊："安静，安静，都请安静。"由此结束了楼下让人难以忍受的争吵。喊叫时，我无比幸福地微笑着，整个身体在抖，我的话仿佛是人类快乐的最高表达。说到最后一句,抵达欢快之巅,我把手放在唇上,温柔亲吻。

最后一批客人走后,父母又坐下,我听见妈妈说:"现在只剩下我们自家人了,多好。里脊肉怎么样?"爸爸说:"是的,我知道乳鸭是个错误,龙虾应该很好吃。我觉得大伙吃了很多。看见没,劳尔吃得最欢畅,香蕉沙拉却没怎么动。我觉得沙拉挺不错的,该去向可怜的安热勒道个喜。奥古斯特,注意到了吗,所有的菜吃过又添,说明今晚的饭做得好。"奥古斯特高声说,布雷特维尔子爵好几个菜都吃了第二轮,好像特别喜欢雪鸫。妈妈向舅舅传话:"奥古斯特说子爵喜欢雪鸫呢。"清新的空气,日常之交谈,都在安抚我的躁动,又把我拉向现实。即将见到妈妈时,我感到恐惧。不一会儿,听见大家纷纷起身。又过片刻,传来父母上楼的声音，两人进了卧房。用人等在那儿给妈妈宽衣解发，妈妈随后去卫生间。我像小偷一样等在暗处。她穿着白浴衣，秀美的黑发飘散开，充满温柔与活力，经久不息，有如废墟里长出的无意识植物，她全力保护，以抗击幸福和美丽的废墟。那张脸亲切纯洁，散发着痛苦无法抹灭的智慧和柔情，带着希望，天真活泼，一旦走进生活，希望与天真须臾消失。离开人间时，妈妈静静地躺在丧床上，当生活给她的痛苦被死神一笔勾去，脸又回到开初的状态，既无痛苦也无焦虑，仿佛画家挥手擦掉一幅肖像画。我至爱母亲的第一面目与最后留在我脑中的形象不一样，与她常在我面前显出的面貌也不一样。在幽暗之眠和梦幻之路上，我最后一次见到她，如今还会在那里见到她，她穿一袭绉纱裙，表明在我的梦中她已超越了破坏其生活、几个月后将她推向死亡的峥

七十五页

嵘岁月。她的面部因劳累而暗红,循环欠佳,不断操劳而疲惫的双眼一定因我受了许多苦。精心的穿着表明她求生的努力,一瞬又看到,她疾步行走,裙摆沾上了泥,几乎是跑向火车站,在丰腴之下,我感到了她的憋闷。怕脏了自己的衣服,她笨拙地提起裙摆,如此奔忙,如此劳累,我哭得喘不过气,又想去亲吻她。我的吻抹不掉什么,不能帮她早一点到,道路依旧那么长,那么艰难;妈妈越走越快,每一步都在撕扯我的心,她脸上显出愤恼,那是身体受损的痛苦表征,是理性被冲撞的外象。她怕伤害我,强行忍着,却加剧了我的不安,我已觉出那怒气部分是冲我来的,是暗中对我的谴责。

妈妈从身边走过,我轻轻叫一声,"妈妈"。她转过身,惊诧不已,脸上燃起火。"再不睡,我永远不理你。"我知道妈妈已盛怒,这等状态,我无法睡去。"我有重要的事要告诉你。"说完我呜咽起来(每个晚上都这样说,她早已知道我想找借口见她一面)。"快走,快回去。"我不想回去,顶着她的怒气紧跟着她。我跪下,吻她的裙。她没办法,小声怒说:"别嚷嚷,会把爸爸吵醒的。"说完气咻咻地走进我的房间。初战已告捷,当她要离开时,我又哭起来,猛哭,妈妈吼了几句,不再言语,拿起我的手,安慰我。有生以来第一次,我发现,在妈妈的眼里,哭泣不再是"不乖""讨厌""受罚"的同义词,而是真悲戚,是无法自控的不适。老用人想问妈妈是否还需要她,久等不见,便来我房里,但见妈妈坐在我床边,握着我的手。我已被妈妈拉上床,还在哭,老用人惊愕不已,急切地问:"孩子怎么了,为啥哭个不停?"妈妈说:"他自己都不知为什么,他不舒服。"随即用她白

七十五页

柔的手擦去我的眼泪,手上戴着婚戒,后来下葬,我们把戒指随她埋入地下,那只手,我很想亲吻,心下却明白,幸福的新秩序尚未到来,每天晚上依旧会出现同样的痛点,但有一个突破,我的悲伤已被正式认可,无需我负责。我卸下了一大心理负担,同时又觉得,这是妈妈面对生活的第一次失败。长久以来,母亲听信医生的劝告,认为我的忧与愁都来自我不愿改正的某个恶习,她要努力将我培养成有出息的人,决不迁就我的恶习,不许我哭哭啼啼,不让我贪吃巧克力泡芙,来了客,不容我在客厅多待一小时。在她的眼里,只有这一伟大目标,那是真爱,为我的长久的幸福,牺牲我的一时之欢,除去神经质的健全身体,把我塑造成能做大事的人。这一刻,她不顾时间已晚,坐在我身边,任我泪如雨注,柔声劝我不要哭,没有一丝一毫的责备。她刚才已明白我的某些恶习其实是疾病,这之前,她一直不承认。我觉得这退让里含了某种失望,意味着某种放弃,她的努力已部分瓦解,显出了无能为力,面对生活的阻碍,她一直很坚强,很果断。我仿佛给她造成了痛苦,该说些什么才能弱化或减少她的不安,让她知道我的歉意,我以所谓的胜利击破她的意志,损害了她的理念。我哭得更厉害,母亲不知其故,久久地看我痛哭,一时忘了自己,喃喃道:"别这样哭了!"她声音破碎,目光沉暗,似乎也要哭,却忍住了,过一会儿又笑起来:"你一傻,我也跟着傻,我的小傻瓜,我的小淡黄(金丝雀)。"见我号啕着扑向她怀里,她立刻闪开,恢复理智,沉静地说:"不能这个样,爸爸知道了会发怒的,刚才的一切对你对我都不好。"我已看清楚,适才她留下,是因为尽管她的理论崇高,她更是一位令人敬佩的务实者,知道在

七十五页

眼前的痛苦与更大的痛苦之间做一些妥协。拿医生做比，她不是因为知道吗啡有害让你无限受苦的那一类，而是知道若不管不顾，痛苦有时会变本加厉。从那以后，她只柔声嘲笑我的忧烦，只有当我不加控制地大吵大闹时才发脾气。她亲吻我，喃喃道："这才是我的小淡黄，我的小傻瓜。"摸摸我的头，又说："熊妈妈更爱不经常被舔的小宝宝，说起来也是一大不幸。"几天后，Z夫人邀请我们去住几天，家里决定，妈妈与弟弟先行，我和爸爸后去。为了减少我的痛苦，大家事先都不说。我永远无法理解，大人们隐瞒某件事，瞒得再好，也会给孩子造成巨大阴影，激起愤怒，引发受迫害之感，让我们找得发狂。当孩子尚不懂上一辈的规则时，他只会感到被骗，继而憎恨真相。不知我的大脑里存了怎样的隐秘迹象。动身的那天早上，妈妈欢快地来到我房里，我立刻

普鲁斯特(右)和弟弟

七十五页

觉出某种隐藏的忧伤,她笑着引用普鲁塔克①的句子:"面临灾难时,雷奥尼达斯会显出淡黄色的脸,希望我的小淡黄和雷奥尼达斯一个样。"我淡淡地说:"你去吧。"声音中含了绝望。妈妈显出不安,我已觉出或许我能留住她,或许她会带我一块去;我觉得,这话她跟爸爸说过,爸爸没同意,因此她说:"准备行装还有一段时间,我特意来看看你。"我已讲过,弟弟将随妈妈先走,出门前,舅舅带他去埃夫勒照个相。摄影师曲卷了弟弟的头发让他看起来像看门人的孩子,这是摄影习俗,那张大大的脸蓬了半圈黑发,像戴着头盔,黑发之上饰有白蝴蝶结,仿佛画家瓦斯格笔下的王子。我以兄长的目光慈祥地看着他,这目光里,不知什么成分更多,是欣赏,是居高临下的讥讽,

---

① 普鲁塔克(约公元46—120),罗马帝国时期希腊作家、哲学家、历史学家,以《比较列传》一书闻名后世。

还是柔情。妈妈与我一同去找他,我要与他告个别,寻了半天没看见。弟弟已得知他不能带走心爱的小山羊,那羊与他随身拖的绝美小车是他最爱的宝贝,他大慈大悲只将小拖车借给过爸爸几次。离开Z夫人后,我们将直接回巴黎,小山羊只能送给附近的农户。最后一天,痛苦不堪的弟弟要与小山羊单独待一阵,依我的揣测,出于报复,他想藏起来,让妈妈上不了火车。我们找了一大圈后,走向小树林,沿着边缘找,林中央有个马戏场,拴了许多马,那是用来驮水的,一般人很少去,我们也没想到弟弟会在那儿,却传来一串夹杂着呻吟的对话,那是弟弟的声音。再走一段,我们发现了他,他没看见我们;弟弟靠着山羊坐在地上,用手柔抚羊头,不时亲吻羊鼻,那鼻子红红的,带了角,像长了酒糟,属于俗美,没啥可取之处,孩子与山羊的组合却像英国画家笔下的景物。弟弟穿着带花边的节日衣裙，一刻不离的小拖车放在身旁。他一只手抓着缎袋，里面装着吃食和旅行用品，还有几面小镜子，其华丽也如英国画家笔下的景观，只不过，在更大的反差中，弟弟的脸透出更惨烈的绝望。他两眼发红，喉头紧缩，穿着俗艳盛装，颇像悲剧中富丽绝望的公主，另一只手搂着山羊不停抚慰，时不时，他松开那只紧抓着小拖车和缎袋的手，向上捋一捋头发，带着悲剧人物费德尔的焦虑："多讨厌的手，打了这么多结，特地拢住我的头发。"弟弟自言自语，倾诉离愁别恨。"没有你的小主人，你会很不幸，你再也见不到我了，再也见不到。"汹涌的泪水模糊了话语，"可怜的小山羊，没有人会像我这样对你好，没有人会像我这样摸你，现在只能让你这样去了，我的孩儿，我的小心肝。"他一边说一边哭，已泣不成声。为了宣泄绝望,他想起一首妈妈唱的歌,词和曲与眼前颇吻合,哭了一阵,高声吟唱:"永别了,奇异的声音在召唤我,我将远离,天使宁静的姐妹。"弟弟只有五岁半,天性却暴烈,对自身与山羊的哀叹变成了对迫害者的愤怒。稍稍犹豫,他开始砸他的小玻璃镜,拿脚猛踩缎袋,用力撕扯头上的花结,踩躏亚洲布料做的衣裙,口中怒吼:"再也见不到你,我为谁臭美。"一边吼一边哭。起初一截,妈妈颇感动,见儿子扯下裙边花却待不住了。她径直走去,弟弟听到声响,立刻住嘴,发现了妈妈,却不知先前的一切是否被看见,因而特别小心翼翼,火速后退,猛然躲到山羊后。妈妈直走过去。已知注定要分离,弟弟提出一项要求,让小山羊陪他去火车站。时间很紧迫,父亲等在楼下,久久不见我们回,已很纳闷。母亲要我去传个话,约定在铁路岔口见,取花园背后的小路,直插过去，不然会错过火车。弟弟向前走，一手牵着羊，一手拎着缎袋拖着小车，甩去的东西都已捡回，那头羊仿佛被拿去作牺牲。弟弟不时抬起拎着东西的手，摸一摸已松的领带，揉一揉身上的裙纱，口中喃喃道："这些无用的装饰，这些薄纱在压迫我。"他不敢看妈妈，抚着山羊，借机说一通动机明显的话："可怜的小山羊，并不是你折磨我，不是你让我离开我的爱。你不是人，所以，你不坏，你不像那些坏人。"说着他斜了妈妈一眼，似乎想观察话的效果，看是否达到了目的，接着又说："你从来不让我痛苦。"他继续哭泣，来到铁路岔口，让我牵着羊，饱含对妈妈的愤怒，快速跑过去，一屁股坐在轨道上，用挑衅的目光看着我们，一动不动。那地方没有障栏，火车随时会来。妈妈惊恐万状，快速冲去，却没拉动。平日里，弟弟惯于往下坠，力量颇大，高兴时会唱着歌在花园跑一圈,此刻他使出全身力气,与铁轨合为一体,妈妈怎么拽都拽不起他来。她脸色苍白。幸亏这时父亲赶来了,身后跟着两个用人。父亲疾步上前,扇了弟弟两耳光,一把拉起他,命令用人把羊牵走。弟弟被镇住,乖乖跟着走,却满脸怒气,久久看着父亲,高声叫:"小拖车,我再也不借给你了!"他一时找不到更解气的话,不再吭声。妈妈单独对我说:"你年纪更大,要懂事,求求你,待会儿我们出发,别太愁眉苦脸。我出去几天,你爸已经很憋火,别让他觉得我们两个都令人难以忍受。"为了表明我值得信任,能完成她交付的伟大使命,我安然自若,没有抱怨一句,时不时,心头却蹿出一股火,冲着妈妈,冲着父亲,恨不得他们错过火车,毁掉他们让我与母亲分离的计划。又怕伤了母亲,我打消念头,微笑着,表情支离破碎,僵固于悲

七十五页

伤。我们应该……

我们回家吃饭。为了"旅客们",家里准备了丰盛的午宴,有头盘,有鸡鸭,有沙拉和甜品。弟弟怒气未消,痛苦依旧,就餐时,一言不发,坐在高椅上,纹丝不动,整个人沉湎于忧伤。大伙天南地北,海阔天空,吃到尾声,弟弟突然尖声叫道:"马塞尔的巧克力里奶油比我多。"他需要以反对某种不公的愤怒来平息与小山羊分离的悲痛。而且,妈妈对我说,巴黎的房子外面没法容纳小动物,弟弟心知肚明,先前并没强求。我们认为,往后他不会再想这件事儿。我们去火车站,妈妈要我别送行,我恳求再三,她让了步。那天晚上以后,她发现我的忧烦有正当理由,对我多了理解,只要求我加以控制。上了路,有那么一两次,愤怒又袭来,我认为自己受了妈妈和爸爸的迫害,尤其是爸爸,是他不许我和妈妈一起走的。我想报复,让他错过火车、动不了身,甚至放一把火。只是一闪念,我清楚,稍微粗暴的一句话也会吓住妈妈,我又温柔起来,亲吻她时不再没完没了,我不想增添妈妈的痛苦。来到教堂前,我们加快了步伐;渐渐走向我畏惧的一刻,脚向前迈,心却在窜逃。又拐了一个弯,父亲说:"我们提前了五分钟。"终于看到了火车站。妈妈轻轻按按我的手,示意我要坚强。我们走向月台,妈妈上了车,我们在站台上同她说话。检票员让我们离远一点,火车要开了。妈妈笑着对我说:"在痛苦之中,雷古卢斯①以坚强令人佩服。"那种笑是因举了某个过于学究的名句而来的腼腆,或怕出错而作的自嘲。也在说,我所谓的忧愁算不上忧愁。妈妈已觉出我的悲哀,向所有人告别,让爸爸远离,又

---

① 古罗马将军、执政官。

七十五页

对我说:"我们相互理解,对吗?如果乖的话,我的小淡黄明天就能收到妈妈的问候,鼓起勇气,振作起来。"最后一句用的拉丁语,她说拉丁语时,总踌躇不定,老怕出错。列车开走了,我还留在原地,同时觉得我心中的某种东西也随着火车走了。

在维勒邦那边和
在墨色格丽兹那边

七十五页

从司机那儿,我惊讶获知,从沙尔特往右取道诺让-勒-罗图,再向左拐两三道弯,就到了维勒邦城堡。对我而言,仿佛在说,走一两段路,就到了理想之国。如同在远古,通向未来王国的那口井都有确定方位,一般藏在某些真实地域的正中央。我对维勒邦,未曾有一丝怀疑。有时吃过饭,漫无边际地喝咖啡,三刻钟后,吃进最后一颗李子,某人提议:"天气真好,不会有暴风雨。我们去一趟维勒邦,如何?"那地方似乎在国外,与博讷瓦勒等路相比,完全是两码事,别的路,在公园待一下午,起了兴,随时可以去。临近五点,为了让自己有饥饿感,我们合上书,中止游戏,去博讷瓦勒路上兜一小圈。那条路在上方，过芦笋园，穿柳条门即到。路上比较凉爽（可能因为我们一般临黄昏才去），放眼看，落日染红了田野，远方响起为大地祝福的钟声。博讷瓦勒在我已知的天地之外，我想探个究竟，看看更远的景物，隐隐感到，我从未去过的小橡树林里会有另一种生活。维勒邦更加陌生，更为神秘。去那儿得从家里出发，走后门；出了前厅入街道，那是去教堂、市场、公园和火车站的路；去维勒邦，出了前厅要进小花园，再从后门走。这道门我很少走，那是园丁、送奶工和肉店老板的出入通道。出了门，立刻到了河边，这条河与公园里淌的好像是同一条河。在公园的另一边，流动一练静水，拱一座小木桥，睡莲分片密布，金色花蕾点点，总有小孩把长颈大肚瓶沉入水中，再提上来，阳光闪烁，里面装了小蝌蚪，还有小鱼儿。此处是一条城中小河，却建了一座大石桥。河流分成两部分，我从来没有从小木桥走到大石桥。在我眼里，那是两个不同的国家，又像不对称的岁月。房子的另一边仿佛世界的另一面，两者之间，我建立不起任何关联。此地附近，我一个人都不认识。有时候，我们去下城看舅舅的小花园，从那儿可以直接踏上"维勒邦之路"。那个花园是我所见过的最妙的去处。别的园常常万紫千红，琳琅满目，却疲人眼睛。有的花没容我学会去爱已让我索然寡味，万花丛中，我往往只喜欢那么几种。在舅舅的花园里，最先入眼的是一颗草莓，红红的，甘甜甘甜，茎直叶儿圆，脉络清晰，举世无双，向远看，又繁出上千枚红果。高大的芦笋同样迷人，它们用尾部扎于土中，盈盈举起淡紫带天蓝的羽毛，一丛又一丛，亭亭玉立。阳光下水井边，栖着几只绿得神奇的蜥蜴，井里游动着数不清的小鱼，如在小河中。樱桃树上结满了果。樱桃鲜红透亮,像小伞一样优雅垂落;草莓灿然鲜红,在两者之间,铺展一个淡蓝的王国;勿忘我不亮艳,却玉立柔媚;长春花不光滑,却纯蓝如天;瓜叶菊或暗蓝,或紫青,柔软如天鹅绒;浅蓝蓝的是芦笋,在各色花草之间,翩飞一只只淡蓝色的蝴蝶。园中的花没有一样令我厌倦,好多品种日后令我更加迷恋。秋海棠,我却不喜欢;也讨厌倒挂金钟,它红得俗气,像园丁女儿的脸,花瓣频频落在丑陋的培育箱里,我常在那儿温习功课;也不喜欢硕大的芍药,觉着太沉,太普通,它在花丛中散发一股臭味,天一热,人便不停地打喷嚏,即便喷了药,花蕊里也总有一只小虫;更不喜欢讨人厌的天竺葵,来了外人,总要去那兜一圈,茎叶上的花朵极庸俗,极贫乏,而且短命,叶子毛茸茸的,味道也俗。园丁总在那儿拾掇,那花好像为他一人

七十五页

而开,在我眼里没有任何新奇诗意,激不起情欲,远远比不上长春花、勿忘我、芦笋和玫瑰。后一类,我梦寐以求,面对面见了心旷神怡,那是无上的快乐,而且不会被俗物冲扰,形成一个整体景观。其他花园有如梅里美的《高龙巴》,或像缪塞的《白乌鸫》,我更喜欢圣丁纳①的《皮希奥拉》,他或多或少说了些悦我的事,说了月亮……

出花园,我们进入一条大街,随后现出公证人的花园。那是另一种类型的花园,大树花色奇艳,我觉得很丑,水池里,有个喷泉,只能透过宽大栅栏条看到。草坪上用石莲花造出一个十字荣誉勋章,剩余的一面是临街的高墙,到处都吊着铁线莲……却有一朵山楂花。这是我最爱的植物,爱得那般

---

① 圣丁纳(1789—1865),原名约瑟夫-伊克萨维·博尼法斯,法国小说家、剧作家。

深,当它俯下身,献出带笑的粉色花朵,我会觉得我对它独一无二,它对我无二独一。孩提时我爱上它,大人们常常取笑我。那一年,我得了一场大病,康复期间的第一份欢乐是一位我所爱的堂妹来访,她带了一枝艳丽的山楂花。那是祭坛上的绝妙装饰,路两边,花儿神圣高雅,芳香扑鼻,给景观增了色添了辉,有如盛大节日吃过午饭从盒里取出的图尔饼干的那种诱人的玫瑰色,又像在乳酪里捣碎草莓后的颜色。看到心爱的花,我欣喜若进教堂,欢快如临春光,那等陶醉仿佛深爱贝多芬之人读了曲谱又在乐池里听到了交响演奏;再疯狂一点,我可以从一张简单的照片里,从弗美尔·代尔夫特的画中,看出千奇百态、万紫千红。时至今日,当我想到边上有山楂花的路,我会觉得那些路由类似梦幻的特别物质构成,悲哀的小残疾若不阻碍我去那散步,十二岁那年我会深

七十五页

入探索,我生命经验中许多无意义的色彩会变得更加绚丽,更加神秘,类似我们到处可触及的神圣存在。因在生活中没找见,稍后做了艺术家,我们会不畏艰辛,在脑中去发现,全力去阐明。在随后凹陷的路段上,又看见几枝山楂花,如同后来所见的苹果树叶。山楂花的叶在我眼里完全不同于普通的叶,它像我们所爱女人的名字,含了至高幸福感。我曾想独自站在它面前,努力探明我如此爱它的原因,父母却叫住了我。植物说不出更多,只能呈给我一个形象。依据我所获的快乐,我随后在脑中找出植物对应的实体景象,提取它未受破坏的原态,探明内中的含藏,不在植物中找,但向脑中寻。在回去的路上,我顺便摘了几朵蔷薇,四片娇弱的花瓣围突一团雌蕊。某一天,她们会比山楂花更令我喜欢,上述的一切在我回家之前都被风带走了。

在维勒邦那边和在墨色格丽兹那边

很长一段时间,我只是通过"维勒邦之路,在维勒邦那边"等词句来认识"维勒邦"的。那一天,我们回来晚了(所谓晚只是在饭前半小时到家,备餐有点匆忙),舅妈说:"我知道,早已知道,这么晚回来肯定是被维勒邦之路占住了。一定饿坏了,晚餐多吃一点。"即兴"被维勒邦之路占住"(回来时走维尔邦之路)并不常见。去维勒邦那边,出发时已知不一样。离去那一刻,我们走另一道门。散步的路线分为两类,有"墨色格丽兹那边"和"维勒邦那边"。对我们而言,"墨色格丽兹那边"始于公园上方。对于多事的可怜虫或过节假日的当地人,还有一条路,那儿地面凹陷,沿途有山楂树,绕着公园而上,同样通向上方之门,随后是田野。墨色格丽兹那边视野开阔,一望无际,有时下点雨,此乃小散步,一般留

七十五页

给随意的时刻；我们通常在公园待一阵，挨过下午的热点，每次去都会见到落日。首先要去公园，从前厅出门，进入蓝鸟街，一路招呼武器店老板，问候"橘黄先生"（食品杂货店店主）。我们从小木桥上过河，河细如线，我们常常停在桥上观赏小蝌蚪，它们时而聚成黑团，时而四散；总有小孩儿用长颈大肚瓶在河里抓蝌蚪。桥上时常有人钓鱼，戴着草帽，热情招呼我舅舅。过了桥，离公园百余米，袭来一股股丁香花香，那树儿囚在小白门后面，高雅不凡、千姿百态地摇动它柔软的躯体。这便是前厅的"墨色格丽兹那边"。如实说，我们从未抵达墨色格丽兹，那地方离我们几步之处不太远。那儿明显起了变化，新增了许多树丛，道路开始向下延伸。星期天，在公园附近经常碰见生人，大多是从墨色格丽兹以外来的"外国人"，墨色格丽兹神秘如天际。（也许该附

在维勒邦那边和在墨色格丽兹那边

一句:在通往墨色格丽兹的田野上,我第一次见到日落,看到天际边的阴影,见到白白的月钩,听见教堂的三钟经,识得早于别人回来的温柔。也是在这一片田野上,十二年过后,当月亮高高升起,我领略了在所有人之后出门的魅力,遇见了月亮的蓝色羊群,等等。)然而,维勒邦却像北方或西班牙一样遥远、一样抽象。那日父亲向园丁问明路线,又确认过不会下雨,吃过午饭,我们动身去维勒邦那边,没从前门走,也没过小木桥,那条路设了许多界标,如武器店店主,"橘黄先生",跟我舅舅打招呼的戴草帽的垂钓者,还有丁香的芳香。

很长一段时间,我只是通过"维勒邦之路,去维勒邦那边"等词句来认识维勒邦的,它与另一条散步路线截然相反,即墨色格丽兹之路,也称墨色格丽兹那边。那天我

七十五页

们回晚了(就是说晚饭前半小时才回家,只有喝第一杯开胃酒之前的那点时间来准备晚餐),舅妈说:"我早已料到。我曾对菲丽西说(家中女佣,舅妈派她去大门口等我们),想不在这时候才回,一定要从维勒邦那边走。多了那么多路,晚上你们只能多吃一点了,羊腿很可口。"但这样临时"取道"维勒邦(即为了延长墨色格丽兹的散步而回到维勒邦的小路)却是一个例外。对这一交合,我一直搞不懂,因为维勒邦那边和墨色格丽兹那边是天地间完全不同的两个部分,如同东方与西方,两者间不可能有连通的路径。去维勒邦散步,与去墨色格丽兹那边不是一个方向,动身前路线就已明确。去墨色格丽兹如同去城外的花园,我们从临蓝鸟街的前门离家,抵达公园前,有几个几乎等距的界标,先是武器店,老板正在关店门;转过圣灵街,又见开食品杂货店的"橘黄先生",他光着头,拿着甜面包。出城后,有个小木桥,我们越过细如线的河,一个戴草帽的人在那儿钓鱼,我不认识他,他与舅舅打招呼;沿着河走入高凸的小道,可闻到丁香的味道,那棵树一时看不到,它囚在白栅栏门的背后,满地碎石,推开门,传出草木温柔的低吟,风吹过,丁香树夸张地颤抖,无休无止,大力张扬其举止的高雅,突显淡紫色翎饰的轻盈与秀美,更炫耀它柔软无比的身段;丁香在钓鱼人与公园大门之间,我们走上河边纤道,一阵一阵的,总能闻到它散来的芳香。小河边,许多孩子把长颈大肚瓶沉入水里,然后取出放在小桌上,看上去更鲜丽,里面水光闪烁,外部水景绚烂,瓶中装了蝌蚪和小鱼儿,河里更多。我们常常俯身观赏,小蝌蚪突然聚合,又猛地四散,似乎缘于水中的饱和度。墨色格丽兹之行比较短,我们先在公园待一两个小时,等

七十五页

热度退去，大约四点，再从公园上方的大门出去，墨色格丽兹浸在斜阳里，那儿多雨，土地湿润。此去处一般留给不敢贸然前往维勒邦的随兴时刻，没有定数。

墨色格丽兹一望无际，满眼的小麦、黑麦和荞麦。远处的右侧冒出一片小树林，标出该地的变化。树林之后据说就是大家都知道的墨色格丽兹。我们从没去过。

我对墨色格丽兹的了解主要来自陌生人和外乡人，他们或戴鸭舌帽，或戴无边软帽，或一般的帽，通常星期天来城里游逛，通过栅门观看公园。听人说，他们来自"墨色格丽兹那边"，可能更远，从小树林那儿来。父母不许我同陌生人说话。再者，别人说的什么我总听不懂，有时父母说的也一样。不知耽于什么，我甚至不听，或充耳不闻。对我来说,墨色格丽兹神秘如天际。维勒邦抽象得更像一个方位点,完全两码事。首先,我们从花园的小门出去,那道门是肉店老板、送奶工和杂货店店主的过道,随后步入城区。我们从不进城,跟那儿的居民都不熟。我们从大石桥上过河,桥上有时停满双轮车。很难想象这段又宽又深的河与那浮满睡莲、绿萍、黄花,有着拱小木桥的一段是同一条河,过了小河是公园。我们从公证人的花园前走过,园中的日本树托出一朵朵红花,风吹过,花瓣散一地,我觉得很丑。从五月起,带紫绒的铁线莲就爬满围墙,仿佛从热风里生出。走过耶稣受难像,但见一排农舍,那是城市伸向农村的手臂,于其上,繁茂的犬蔷薇和山楂篱笆套了一层玫瑰色的柔软长袖,香喷喷的。而后是一条似乎知道通往何方的林荫大道。走入其中,方向明朗。从那以后,在诺曼底或勃艮第看到同样的树，我会突然感到一阵温柔，当时的意识悄悄隐去，露出原先的心态——"在某地，我见到过这些树。"却很模糊，仿佛在梦中。随后想起，这是当年我们去维勒邦走的那条路。我经常想再看它一眼，以至于在我的梦中，这条路常常变得比回忆和欲望中的更为神秘。大道上有许多女人，走在阴处，只亮出脸，我生出一种奇特感觉，这地方不像任何一处，犹如想象中的未见之地，到了实地却找不见它。永远找不到。欲穷尽并表达其独特性的欲念长久缠绕我，频繁出没在我梦中，渐渐变成精神不适，最后化为某种肉体的不安。我觉出那条林荫大道的独特处，却无法表达，再努力，人就醒了。继续往前走，树木逐步增多，已临近森林，小径却拐了个弯，树木又渐少。我们踏上一条高凸的公路，两边坳出深幽的峡谷，重峦叠嶂，向远处延去，另几座山封住了峡谷。公路又转一个弯,坦出广袤的平原,蓝天之下,空荡一片,上方只留下几朵白云……

抵达真正的维勒邦公路之前,我们要穿过一条林荫大道,它似乎清楚自己的方位,知道去哪。时至今日,即便所有的地方都拒绝向我泄露我梦寐以求的神秘本质,并让我明白,地名虽能撩发强烈欲望,我的屡次探游都徒劳无益,我仍然觉得那条林荫道蕴藏了某种我梦寐以求的东西。有时候,我在梦中见到它,许多女人在半明半暗中从事无形的劳作。我感觉,这并非想象,我直接觉出某一神秘本质,我的想象睁开了眼,我将体验梦境,却又醒来;另一些时候,我是醒着获得那种神秘感的,奋力去抓,人又睡去,或者我强迫自己继续醒着,却再也见不到那条林荫大道了。人世间,许多东西不该展示。折腾一生

七十五页

都为探明这几件事,我便想,抑或这就是生活的真谛。大树渐渐增多,一时间,我们穿行巴尔波纳森林,树木又逐步稀少。我们踏上了真正的维勒邦之路,旁边坳出幽深的蓝峡谷,或隐或现,开合于山丘之间,延向远处,四野又被山峦挡住,谷与山融为一体。可以说,我们被另一地的形体围住,它们只是路过,高高在上,我们只见其开头,或者其尾,到处泛出蓝色的光。公路另一边铺展广袤的平原,空旷一片,我们来时,正是农民收工的时刻。无际的田野上,天空寥廓,满目湛蓝,如同留在田间的农具,天上飘浮着几朵硕大的白云,仿佛画中景,一切浑然不动。然而,朵朵白云倾身领受西垂的阳光,如同日晷,压低了天际,预示太阳即将沉落。过一会儿,公路远离平原,我们面前是一个巨大峡谷,山头林立,在一面陡坡上,森林画出一个十字架,在另一座山上,我们看见一座教堂的钟楼,那是整个景中唯一的人迹,钟楼在蓝天画出一个明亮小三角。某一日,陪同我们的助手不禁感叹:"多么壮丽的风景啊!"我惊诧不已。

多亏了墨色格丽兹那边,当我沿着田坡行走,在麦地中的一枝绿茎上,我发现了丽春花的两片红翼,感到莫大快乐,那种美不是别处的花能给予的。别的花,我会说它漂亮。若在车里遇到田间的花,我会叫司机停下,然后走下去,贴近观赏,孩提时我常常甩下父母跑去采摘。在我眼里,缺了这些花,田野不成其为田野。点缀地头的丽春花向我表明,诗是一种现实,幸福与祝愿可以落到大地上。也多亏墨色格丽兹那边,我以同样的激情爱上了矢车菊,爱上了三叶草绒绒的紫红,胜过苹果树上的白花一千倍,我能在万花丛中将它认出。当时的激动,如同

七十五页

见了心爱的女人,你很难与别的搞混。去"维勒邦那边"加深了我对山楂花的柔恋,在我的生活中,它那么高大,那么持久,我相信,它一定知道它是我的偏爱。很久以前,幼小的我还吐不清它的名字,见它在叶儿透空的小枝上伸出柔软芬芳的花瓣,我禁不住欢叫起来。最开始,我是在教堂的祭坛上看到的,由此,那花儿具备了某种神圣的品质,从未丢失。对许多美丽的花,我只是简单欣赏,审美一旦满足,就有可能陷入厌倦,但我对山楂花的柔恋却经久不减。或在公园游戏,或在家中击节读书,或去教堂敬拜圣母玛利亚,在我心目中,开放的山楂花总会撩起美妙生活的巨大魅力。当我在篱笆里发现一枝山楂花,我立刻停下,面对奇迹,如临一个真实的梦。体验它的温存,理解它的所有哲学和再造它的所有艺术,那真是一种幸福。我也要感谢维勒邦那边,它让我深深地爱上了大叶片下的草莓,虽然淡于山楂花,却依然是深爱,还有玛瑙一般的樱桃、长春花和淡蓝如丝绸的勿忘我。在墨色格丽兹的路上,我学会了爱田野的清新空气,体验了用脚踢耕土的甜蜜,恋上了苹果树脚的暗影,秋天的愁声仿佛在搬走了家具的屋里回荡。在维勒邦那边,我第一次见识了玫瑰的神奇,太阳落山后,那花儿开在小树林之上,映黑了树枝,投影水中红彤彤,撩发愁情,兴起梦幻,临其境,让人不急于回家,尽管家里也温馨,天没全黑,一家人坐在桌前,炉火熊熊,点亮的灯勾勒出一顿即将到来的美餐。很多年以后,在维勒邦的路上,我又经历了另一种快乐。通常,我们白天散步临夜回家,那一次,白天我在家写作,夜间与维勒邦公爵夫人去散步,她吃晚饭那会儿正是我小时候该上楼睡觉的时刻。出发时,我们遇见最后的归来人,穿过村庄,但见屋顶上方悬挂一轮金色圆月。过一会儿,月亮独霸天空,我们走在小路上,一旁是峡谷,坡面蠕动着一群皮毛泛青的羊,随后窜成了几行,羊鼻淡红,高贵如青年才俊,混杂着往家里赶。我们靠边让路,欣然享受奇特闲步带来的惊奇。过了一阵,田野里只剩我们两人,月色溶溶,四周静谧。在空旷的宇宙间,当我们独自与另一位相处,会觉得自己只为他或她存在。与她走入被月色神奇染亮的山谷,月亮为我们独明,我显然觉出,天底下,我为她而存在,实实在在,而不是过往消失的一团影。但我又想起一帮朋友,听见她极其温柔地跟他们说话,听声音她与他们关系密切,我觉得她无法离开他们而生活,使他们成为从来没有人谈论或不能谈论的"可怜的某一个"。走了很长一程,我们快到家了,看到了村里的房屋。我们何其快乐,巨大的城堡亮出两个窗口,那灯光向我们展示,当大家都睡去的时候,我们将享受美味的晚餐,伴着音乐,与朋友欢快交谈,直到很晚。

回到我只知"维勒邦那边"和"墨色格丽兹那边"的时段。那时,我在恋爱,漫步于无际的田野,我满怀柔情,一股风可顺畅吹去十几里,玫瑰尚未吐芳,三经钟还没敲响,几十里外兴起的微风习习拂来。我怅然自语:"这清爽的风,她一定呼吸过。吹向她的风,告诉她我流了泪,请撮合我们的相思,钟在歌唱。"在去维勒邦那边的一个低凹处,我见到一栋小屋,隐于河角,孤处睡莲和水草之间,悠然自守,与世隔绝,缚于湿土地,默默无闻,戚然惆怅。我暗想,永久住那儿,没有她,为了遗忘,晚上默默抑压各种反抗,接受孤漠,被人忘却,归于土地,浑

七十五页

然不动,那样的生活一定很悲戚。阳台上,伫立一位高雅女士,表情哀伤,我猜想,她也为遗忘爱情而来。若要融于山水,了解当地的灵魂和居民,最佳的方式便是住在那儿,拥有这块土地,拥有这无闻的屋以及被植物掩隐的宁静一角,最后成为我们试图探明其灵魂的那一个人。我已觉出,若无止境地挥发我的灵智,我立刻会毁灭此地的灵性,用熟识的思想浸染它,而非像开初,带着无意念的不适,接收外界给我的印象。公路上,开过一辆辆小车,远处驶来一列列火车,电线在高空歌唱,我觉得我与所爱融为一体。这一列火车或许会带给我一封信,电线在歌唱的,或许是我想念信件的脑波。今天晚上我可能会收到一封信,即将收到,那信儿将如此开头。一转念,又明白,我可能收不到,因为想象的景物不可能立刻实现。

即便真的收到,我又会觉得不真实,现实只是源自我的某种意象,不会带来独立于我之外的快乐。这不是我的信,我对自己说,电线并非为我歌唱,随后哭着补充:"如果你想要,如果这曾是你的心愿,你会有一封快信;回到家,我会收到它,哪怕说的不是好事。"一路走来,我享受许多快乐,比如,向远处跑去,脱离父母,感受孤独,坐在一个别人看不见的地方,轻柔哭泣,听着自己的声音高歌:"责备一无用处"或"永别了,奇异在呼唤你远离我"。回来经过受难像,我们向基督祈祷,到家常常很晚,因为父母总算不准从维勒邦返回的时间;再要么,看着天上闪出的星星,我心想,此刻她或许也在看,千里共一天,如果我同时发现五颗星,说明她爱我,若只看到四颗,我将重新数一遍,如果还是四,我便对自己说,一共有五个,

七十五页

四颗星加一句话:"我爱你"。

某一次,在维勒邦之路上,我们走得比往常更远,去了一趟鲁瓦泉。

我从未见到维勒邦。好几次,C夫人对妈妈说:哪一天,我们要去一趟维勒邦。

在海边的日子

七十五页

外出旅游该不该建立新的人际关系,我猜想,这是近几个月读者经常提出的问题。实际上,这个问题已经解决,答案是多讲人性中美好的部分,但某些实际走向,我觉得令人惋惜,因为它损害了真诚,破坏了生活。坦率说,我外婆就不知道宾馆里都住了些什么人。去餐厅就餐,她经常看见某个旧友,心头立刻嘀咕,不能让孩子们耽误十分钟的大海,不能错失明媚阳光。实际上,我们得到的往往是寒冷和阴雨,为了充分享受自然,她断然不"认"旧友。按常理,她该去说几句话,"叙叙旧"。在沙滩上,我们从未离开大海(外婆湿漉漉的衣裙便是例证),外婆上下走动,频繁搬挪折椅,紧紧追随海浪,临吃午饭,才匆匆离开。到了餐馆,她两眼依旧盯着大海,店主不给设露天座,外婆便预定面海临窗的席位,不顾邻桌指责,总让打开窗。领班有时婉言拒绝,她便自己动手,窗一推开,厅内的一切全都飞起来,菜单高飘,桌布翩翩起舞。外婆一个劲地笑,四周直翻白眼,怒声一片。领班数落我们,强迫我们关上窗。我和弟弟很难堪,外婆却不以为意,依旧我行我素,觉得四围的人太庸俗。她重新看看海上的太阳,自言自语:"放过如此美好的时光,真可怜,来到这儿还像在巴黎,一味封闭自守,唉。孩子们,快点吃,吃完咱去海边。"不被住客认识,甚至遭些轻视,外婆都不当回事,换个人,可能是另一番情景。很多人都习惯把不快说成快乐,发现某些话讨人喜欢,便习以为常地自我唠叨,一遍遍地糊弄自己,到头来,居然信以为真。于是乎,我们的心灵被一系列实为不满的所谓快乐或被当作快乐的烦恼所围困,为了体面而无视和放弃众多纯真自然的愉悦。如实说,一旦品验,会发现自然之乐并非那么强烈,却有一个长处,可免除我们生活在许多不真实的感受之中。晚上下楼就餐,邻桌坐着一位老夫人,我敢肯定,来宾馆时,她一定希望所有在大厅聊天的人,金融家、名医、外省子爵夫人,都能从她脸上读出她认识T公爵夫人,口袋里装有一封公爵夫人的亲笔信,外加别的宝贝。这一切会带给她莫大敬尊,那敬尊不是她穿的黑白"丧服"所能给予的。她习惯性地自言自语,不在乎别人的说三道四,旅途中不愿结交新人。为了避免处处解释她是谁谁谁和避免被人看不起,她在自己与他人之间,在她与生活之间张挂了一班人马,为她围起一道人墙。每到一个新城市,需要下榻某宾馆,总是管家先行,为她订好房,身旁随一贴身女佣,外加一名司机。轿车开到宾馆前,她轩昂走下,径直上楼入房,管家已在门旁恭候,还有贴身女佣。她享受了某种治外法权,觉不出异国他乡,继续生活在与她随行的同一微观世界,在这熟识的领地边界,三步一岗,站着她的管家、贴身女佣、大堂领班和私人司机。她将入住的房早已收拾完毕,许多器物从巴黎带来。她目不斜视地走过大厅,见到宾馆经理也爱理不理,径直步入自己的房间。她无需向经理自我介绍,管家早已通报。经理或许心想,这是一位不愿与人拉关系的高雅贵妇。下楼进餐时,落座后,她居高临下地扫一眼,以显示淡漠与优越,但很可能这只是对自己显摆,因为周围的人瞟了她一眼,似乎都在嬉笑。我在想,这一切是否都只是一个谎局。挂在她面前的薄纱掩蔽了现实,最后给她戴上了面具。我估摸,她曾是一个胆怯的人,怕去新宾馆,很在乎大堂内抽着烟侃侃而谈或外出漫步之美男对她的评价,渴望认识他们,讨其喜欢,甚至从中找个情人。进入陌生的房里,她倍感焦虑。初来乍到,总要承受几瞥狐疑目光,她以为,经理或许会把她当成一个不甚雅致的顾客,她的高傲与敏感令人难以承受,一时又无法让人知道她是谁,也许永远不能,还可能遭到她欲讨其喜欢之人的蔑视。身处异地,起初与人面对面的交往会给她造成痛苦;进入新房间,家具件件陌生,又添一层不适。也许过一阵,她会亮出显要证件,举出上流评语,向老板挑明身份,建立联系,而后对佩戴栀子花的美男说起自个家族的成员,还要搭讪那位穿马靴、正在与某个女士调情的帅小伙。也许她会适应新房间,与不认识的油画肖像产生友情,亲近起初对她冷若冰霜的两只中国花瓶。凡此种种,都抹不去初到时必须接受新现实的胆怯,那是一个沉重负担。也许两个月后,脚蹬马靴的帅小伙认出了她,俯身殷勤说,希望能在巴黎被她接待;也许几天后她想离去时,美女们高举玫瑰目送她,她想到要离开她们便心如刀绞;也许在中国花瓶上认出许多悄悄爱上她的老友,一时间不忍离去。很可能在谈过半小时后,宾馆经理将明白,这位老夫人是店里最理想的顾客。即便如此,她也会想起开初的一分钟,想到最早那几句话,想到她一时被当作外人甚至遭轻视的场景。为了抹去这一分钟,她派去了管家;为了尽可能营造与巴黎住所一样的格局,刚开始,她曾要求搬走房内的中国花瓶。她否定想取悦马师的初衷,以删除帅小伙可能轻蔑她的那一瞬,如同她否认怕与经理接触、怕房间不适的第一刻。仿佛为了疗心,她抛出一串话,先自语,再高声说,以此获取解毒之药效:"与宾馆经理交往太烦人,所以,我派去了管家;房间太丑,因此我从家里带了些摆饰,一切为了美。我喜欢旅游,但愿一路谁都不认识,别让我去见某某某,结识新人太闹心。"这等微妙的敏感、这颤抖的脆弱,有如蜗牛,无论走到哪,都带着自己的家,每次出远门,身后都跟着管家、领班、司机、贴身女佣和繁杂的随身物,仿佛在生活与极其敏感的心灵之间置就一道更硬的壳。隔开与外界的接触,由此免去生活对她的直接伤害。老夫人省去了为适应新环境和生人的必要程序,不断在陌生沙地上建造其"境况"的名片城堡,如此一来,也从生活中删掉了许多新地点、新关系,一句话,删去了生活。餐厅稍远处,一位高雅富翁与情人及两个朋友坐在一起,其情其景,也大同小异。那情妇美丽动人,聪明机智,喜爱艺术,热衷阅读,迷恋小收藏,善于交谈,与相互欣赏的三五高雅朋友好相处，构成一和睦团体。大伙结伴出行，像在巴黎一样，共进晚餐，一道郊游，同去看戏。就餐时，他们来得很晚，大厅空无一人，相处更自在，偶尔来几个食客，他们也不会像老夫人那样投去不屑的目光，因为他们个个高雅迷人，明显受注目，被人羡慕，无需彰显高人一等。往实质上说，那雅丽情妇在生活和富翁之间设置了一道柔软芬芳的薄纱，隔去许多东西。每次下来吃饭，她的装束都不一样，以此界定了富翁的天地，一如女管家之于老夫人，为了避开睽睽众目，后几日，他们天天很晚下来——其他人已用过餐——别出心裁地去另一家高雅餐厅，那儿有他们的包间，等候并运载他们的轿车使他们对生活视而不见。在车上，也能游览某个神奇地域，临海的苹果树、路边的山楂林都在目光的摄控之下，却因出门太晚，夜已深，其他人都睡去，只能看到一团团黢黑的影子。从化妆间到包间，到处几乎一个样。或去另一个更上流的餐厅，出门前，再梳一梳头，调整一下扣眼的鲜花，或在唇上添一抹口红，面对两款帽子犹豫不定。她把外套递给跟班，最后扫了一眼镜子，穿上白衬衣，皮肤微微一颤。他进来，她伸出手。上了车，她小心翼翼地戴好手套，已认不出大名鼎鼎的旱金莲大街，到了晚上八点半，巴不得投来好奇目光的行人都已死去。是的，这便是诺曼底许多奇妍之路落入他们眼中的可悲结局。去异乡随身携带常用物，只能说明老夫人不愿与陌生房间相通互融；带着情妇去新地域，意味着富翁不愿与更多的陌生女人沟通，不愿走进新生活。我舅舅却不一样，若某日未能在某地成功结识一高雅女士，没能让别人把自己介绍给某个美丽女子，又无法去揽女佣的腰，他便给情人写信，邀她赶过来。乍一看，像弃市遁世，其实在自欺欺人。表面过着完整的生活，实则用某种外来成分替代填补了他无法探明之生活的某一角。舅舅自封于旧有关系，并非出于矜持，也不是顾全他的"境况"。对他而言，境况不是现存物，而是已故体，形同一件可以为他再造新境况的工具。在巴黎圣日耳曼区，所有高雅女士他都认识，但这种境况现在不过是一种毫无生命力的东西，自身已无价值，却有用处。它像一把泥瓦刀，一旦发现某个心仪的女人，就可用它随地筑一个窝，或在乡村，或在威尼斯。在他认识所有美女的巴黎圣日耳曼，境况一文不值，到了甘贝尔-高朗丹市，却生机勃勃，潜力巨大，因为他喜欢上了该地高等法院一个法官的女儿，那美妞好像没有瞧上他。上文说的境况不是一个定所，人躺在那儿神气活现趾高气扬，实在太笨太蠢；而是一栋可以拆装的屋，舅舅带着它游览四方，根据不同风俗和艳遇的可能性，随时组装，处处皆可，关键在于树立良好形象。在某些美女身旁不摆高雅，他或许也能成功。虚荣心本身，舅舅并不看重，只拿它为爱情服务，与外婆相比，他却逊色许多。外婆心灵淳朴，不知虚荣心为何物，还可设想一景，把外婆的心灵植入某个热恋的男体，即便如火如荼，当事人也不会在心上人面前手舞足蹈大肆炫耀。拉开距离看舅舅，我更理解他，更能看清他生活的原貌原态，与前由管家开路、后随司机的老夫人相比，与整日带着情妇活在上流社交圈的高雅富翁相比，舅舅离生活更近。同时我也认为，在所爱和所追求的人面前显出优异，居高临近女人，诱以她们羡慕的境况，适时表现出屈就，如同老夫人不愿考验她的敏感与胆怯，都是人本需求。于其中，我看到某种放弃或遁隐。他们放弃的不是生活，不是生活之乐，而是与生活的全面接触。至于舅舅的种种关系，我再说一遍，那只是一串无大用的金链，某一日，当他发现一道更可口的菜——如同戴金链的渴望珍珠奇宝——他会立刻卖掉金链获取现钱。在现实生活中，他向一位公爵夫人所献的殷勤，围绕她所设的"境况"，由于某种强烈的需求，都被他简化了，他带着一封确保能入内的介绍信，快步走入农夫的家，因为农夫的女儿太漂亮。或高或矮，或胖或瘦，呈现于他人面前，甚至我们声称不了解的人，血液流动都一个样，那是脉搏描记上的图景。同理，从字迹中，我们一眼能认出舅舅的信。他常给我们写，看似漠然随意，但总别出心裁，找种种借口，巧言令色，圆滑缤纷，却常常弄巧成拙。仅看语气，我们便立马识破其用心。他要求的无非一封引介信，一个请柬，或与多年不见的旧友接上头，因为在那朋友四周，

七十五页

他以为可以见到他喜欢的某个女人。几乎每一次,父母都不认可,此刻回想起来,我心头还有那么一点难受。每回接到舅舅的信,家里立刻警觉,拒不引见。换作不怎么用心的朋友,却立马促成,即便关系一般。无需说,对舅舅,我们感情更深,那些人远远没他重要。一认出舅舅的笔迹,父亲便嚷:"弗洛里安又要来求我们了。当心。"于是搬出种种借口,或说那人很少出门,或说我们接待不便,等等。每当我看到那个人(从大人谈话的只言片语中,我猜出了舅舅的用意)来到家里,往往独自一个,难免孤寂,父母又找不到其他可请之人,我便想,要是舅舅在,他该多高兴啊!饭厅会洋溢神秘的好客气氛。那个晚上,来客熠熠生辉,照亮饭厅的是她常见的灯,此刻又映亮她略显苍白的面颊和可爱的金发。舅舅不断受到新式生活的召唤,大胆祈求整个世界做他的中间人。在想象之中,所有人都到场——他认识的人,这些人认识的其他人,通过朋友认识的人——众多的学者、王子、将军、公爵夫人、金融家,都站在厅两边,各人手里点一支蜡烛。他缓步走进来,殷切相待,热情送客,以盛情偿还他们的烛光,或称打扰以作补偿,感谢他们刚才的隆重迎候。见面第一眼,舅舅不会起睡意,这么说,也不太准,即便起初起了睡某人的心,他常常中途打消,原因后面细说。从见到喜欢的对象,经中途灭欲,到相互熟识,可以度入床上,舅舅很难坚持到最后一刻,常因贞女之德构造了恶劣环境,不得不中途却步。驱动他的既有欲火,也有某种真诚,他坦然面对,如实应对人生的欲望。在这条路上,我们有望真实了解奇特之物,透识个体。不同欲望不能"度入"同一常见情人。那日陪送一位老夫人,舅舅发现戴白袖套的送奶女工在街角窥

七十五页

视他,欲火油然而起。因在送客,一时找不到借口,他不敢,也不能立刻贴上去,随后拿眼寻了许久,没看见(寻找可以引发许多经历,学者称之为实验)。客人走后,他四处奔走,到处寻找,路上不见一个女性,他便挥手拦出租马车。车从眼前溜过,他来不及也没胆量让人去拦一辆,因为……

少女们

七十五页

一天,两只海鸟在海滩上踯躅待飞,沙滩上两个姑娘,年纪轻轻,看着眼生,打扮奇特,我一度以为她们是他国的游客,路过此地,几天之后就再也见不到了。女孩们欢笑嬉闹,目中无人地放言肆语。不久,又来了两三个差不多大的姑娘,凑在一起叽叽喳喳,七嘴八舌,对于她们,周边的一切仿佛已不复存在。如果说她们是新到此地的,那当天晚上,最迟第二天我还会再见到她们。这片沙滩不大,午餐之后,大家都会出来,每天能碰上十来次,但我却没有再见着这群女孩。几天之后,她们突然又出现了,围着一辆停在街角的华丽四轮马车,或许不是同一群人,只有几个看着眼熟。三两个女孩跳上马车挥手作别,近旁立着几匹马，缰绳拉在马夫手里，另外几个女孩匆匆跨上了马背。其中一个甚是打眼，她果断迅捷，红棕色的长发披在肩上，随风飘舞，头戴一顶海鸥造型的帽子，鸟儿双翅开展，跟女孩完美地融为一体，精巧的鼻子，明亮的眼睛，掠过我们时的一瞥，像是海鸥的眼睛，看到我们却毫不在意，仿佛面对不同族群的生物。她整理着自己可爱的花边衣领，好像领子应该只有一种功能——包住脖子，但它却极不服帖，因而女孩不停地绞动，想收紧它，试图用手捋顺它，拢向脖子，这无形中增加了她的魅力。

无疑，妈妈的态度是最美的，但太罕见了，对于周边的冷漠对大多数人来说……

一天，我缓缓地走在沙滩上，两只海鸟踯躅待飞，远处两个女孩，年纪轻轻的姑娘，面貌全新，打扮奇特，冷漠高傲，像是此时一遇便不再重逢的外国游客；她们目中无人，丝毫没有注意到我。接下来的几天，我也没再见过她们，这让我更加确信，她们只是碰巧路过这片小海滩。在这里，大家彼此相识，都过着同样的日子，在海滩上打打闹闹，一天能碰上四五次。但是，几天之后，她们又出现了，一辆华丽的旅行车停在海边，车边五六个打扮类似的姑娘，其中几个已经上了车，道着再见。近旁立着几匹马，缰绳牵在马夫手里。另外几个女孩也很快跨上了马背，匆匆出发了。我觉得其中有个姑娘，正是之前在海滩上散步的两人中的一个，但又不敢确定。只是这次可以很明显地辨认出一个红发女孩，她望向我的眼神清澈高傲，鼻翼在风中翕动，头顶的帽子像只海鸥，展翅翱翔，红色的鬈发随风翻飞。她们匆匆走了。偶尔，我也会再见到她们。渐渐地，我对其中两个格外留意起来。有时，会见到奇奇怪怪的人，可这俩女孩不在其中，不免让我有些失落。然而，我既不知道她们来自哪里，也不知道她们何时出现，因此，也不指望总能够见到她俩。只是没见着时兀自期待，不指望时却偏偏见到，让我慌乱不堪，心中毫无快乐可言。她们应该是附近领主、贵族或是那些与贵族们交往甚密的有钱人的女儿或者侄女，每年假期来C几个星期。这时节他们总会光顾这片海滩，却从不在此居留，毕竟他们的城堡就位于几公里开外的不远处。这类女孩天生高贵优雅，虽说在她们的圈子里，无疑也有例外，但巧的是，每个姑娘都那么敏捷利落、轻蔑傲慢，与我这个世界的小女孩完全不同。她们的打扮也很奇特，我不知如何界定。她们经常穿着马裙、高尔夫装、网球衫，或许是为了方便运动，马术、高尔夫、网球，这些都是我的女朋友们连名字都叫不上来的活动。她们可能在远离海滩的地方训练，长时间休息时才来到这里。我尚未摸清她们的时间规律，例如，我想是在练习完高尔夫后，又适逢T城堡里没有舞会的一天，她们会来这儿溜达一会儿，就像胜利的将军巡视被征服的土地，留给当地土著居民傲慢的一瞥，意思是"你们不属于我的世界"。有时，她们放肆地相视一笑，像是在说"瞧这群人"！我们的老朋友T先生总批评她们缺少教养，但我母亲却很少对她们品头论足，像其他有智慧的人一样，她很少关注自己不认识的人，不在意别人是否有礼貌。她觉得那些女孩时髦但不优雅，至于她们怎么看她，这并不重要。坦率地说，我不具备母亲的淡然，我虽然嘴上不说，但内心里无比热切地想认识她们，哪怕她们自命不凡，从来不屑于理我。我想，要是她们知道我叔叔是克莱蒙公爵S.A.的密友就好了。如果不是妈妈更喜欢呼吸大海的气息，这个时候我们应该在克莱蒙，亲王殿下邀请我们去的地方。啊！如果这句话能写在我脸上，能对着大家大声说出来，该有多好啊！或许克莱蒙公爵能来这儿两天，把我介绍给她们。事实上，就算克莱蒙公爵来到此地，她们也会把他当成一个衣着过时的老乡绅，公爵的谦卑有礼会让她们看不起，以为是出身庶民的证据。她们并不认识公爵，公爵自以为是的荣耀，其实不值一提。我想，克莱蒙公爵，甚至连他最卑微的熟人，都没有一个能把我介绍给她们。她们的父亲是富有的实业家，外省的小贵族，或者最近刚成为贵族的实业家。T先生倒是通过邻居认识其中的几个，认为他们比较聪明，尽管跟他的起点一样，但现在的生活却更加光鲜。有两次，我看见T先生和他们一起友好地交谈，他们曾跟那些姑娘一道，肯定是她们的父亲。得知这一点,我非常兴奋,因为可以借此认识她们,至少可以让她们看见我,在她们某个熟人的圈子里(我还不知道T先生在到处说她们很粗俗)。突然之间,我对T先生产生了最热情的友谊,不断向他示好,经过不知情的妈妈同意,还送了他一个漂亮的烟斗,他很吝啬,舍不得花钱买。一天,我又在沙滩上看见了女孩们,立刻向T先生家狂奔,顺路先回家梳了头,系上弟弟的粉红领带,往脸上我觉得长了痘痘的地方抹了妈妈的香粉,还拿着她的女式阳伞,因为玉石伞柄在我看来是富贵的标志。"T先生,拜托您了,来海滩上走一圈吧。""可是为什么呢,我的朋友。""我也不知道,我如此爱您,这将令我非常开心。""那好吧,如果你坚持的话。但要等我写完这封信。"他嘲笑我的女式小阳伞,让我把它留在他家里。我粗鲁地把伞夺了回来,说是妈妈执意让我打着它防晒的。为了自己的欲望，我变成了一个无情的骗子。"哦！别再写您的信啦。"我暗暗担心，怕她们要走了，于是不停催促T先生，心里急得要死。突然，从他家窗口，我看到了那六个姑娘（恰好那天她们来得很齐，这太棒了），她们拿着衣物，吹着口哨唤狗，准备出发。我乞求T先生快点，他却一点都不理解我的焦躁。我们下了楼，海滩上已空无一人，我眼含泪水，梳头、粉红领带、抹粉、打伞，之前的用心打扮都白费了，只徒增痛苦。我一刻也不想再待在海滩上，于是陪T先生去邮局寄信。回来的路上，突然又遇到了那六个女孩，她们在街对面停车下马，采购东西。我热情地挽起T先生的手臂，想让她们清楚地看见我和他在一起。我热烈地跟T先生交谈，以引起姑娘们的注意。为了保证不被她们错过，我建议T先生去商店买些东西；其间，我解开外套扣子，露出玫粉色的领带，并往后推推帽子，现出卷曲的发绺，还偷偷地在玻璃里看了看脸上的痘痘是不是被粉遮盖好了，我拎着阳伞的伞柄在空中旋转，以显示玉石伞柄的熠熠光辉。我完全吊在T先生的胳膊上——无间的亲密压弯了他，以令人惊异的热情跟他说话。突然，我看见她们一起望向我俩，我得承认，阳伞并没有起到我所希望的作用。为了向她们证明，我跟一个认识她们父亲的人关系亲密，我找了个荒谬的借口，扑到T先生的脖颈上亲吻他。一阵轻快的笑声在那群年轻姑娘当中荡开，我转身看着她们，带着惊奇和优越的神情，像是初次见面但又对她们很了解的样子。这时，正好有个女孩的父亲来接她们，T先生跟他打了招呼，那位父亲仅仅礼貌地抬抬帽子作为回应。可那些女孩，虽然T先生也同时问候了她们，却并没回礼，而是用一种不礼貌的眼神看着他，笑着向朋友转过身去。事实上，她们的父亲也就是把T先生视为一个正直的人，但他却并不属于他们的圈子。那些女孩自认为永远属于这个阶层，因为她们的父亲已成功晋身于此，这个阶层里有原先的公证人T先生、大饼干商、假山制造商和沃塞尔子爵，称得上是世间最优雅的阶层。高于其上，只有一个神圣的群体，如同日月永恒地闪耀在天宇。C侯爵夫人就来自那个世界，她们曾见过她到访沃塞尔子爵家，有一次在赛马场上遇见，她还跟她们打招呼，"你们好，小姐"。眼前的T先生，戴着宽边的草帽，乘坐有轨电车，没有艳丽的领带，不骑马也不穿灯笼裤，对于这种人的问候，她们认为大可不必搭理。"这些小姑娘真没教养，"T先生高叫道，"她们知不知道，要是没有我，她们的父亲就买不了城堡，结不成婚。"他总是维护她们的父亲，认为那个当父亲的是个好

七十五页

男人。但那个男人,不像他的妻子和女儿们那样以貌取人,乐意穿着T先生觉得滑稽的灯笼裤,在海滩上和沃塞尔子爵一起散步。只是,如果在那时候相遇,他会更礼貌地问候T先生罢了。我处心积虑的安排看似没什么效果,我家一脉相承的处世哲学也无法为我博取姑娘们的青睐。人各有异,想法不同,本也无可厚非。我有幸认识她们父亲的一个朋友,希望她们看到我和他在一起,现在她们看到了。或许想让她们注意到我,留下深刻的印象,这有点可笑,但我想让她们知道的事情她们知道了,因此没什么可抱怨的。若是这些努力没达到我期望的效果,那也另当别论。她们了解了应该了解的,在我看来这就是一种公平。我的优点,她们觉得微不足道,或者将之视为缺点,那只是因为我们的观点不尽相同,因此我也没什么可遗憾的。我给自己梳了我认为最帅的发型,她们看见了。我的玉石阳伞,可能她们会觉得夸张,因为妈妈也只是拿着它取悦她的母亲,因为这是外婆送给她的礼物,妈妈也觉得它漂亮得夸张,对于我们的境况来说显得过于奢侈。我真没什么可抱怨的。香粉饰盖着脸上的痘痘,玫粉领带飘在领口,我看到镜中的自己很迷人,我是在最美的瞬间与姑娘们相遇。我返身回家,有些许失望但满怀喜悦,觉得自己不再像以前那样完全不为她们所知了,我告诉自己,现在,她们至少认识了我。在她们眼里我有了身份,拿阳伞的小个子,尽管T先生的友谊在她们眼里对我无增裨益。我们沿着法国梧桐荫蔽的街道往回走,树影摇曳,糕点店、贝壳铺、驯马场、体操房,一路的橱窗闪耀着太阳的光斑,恰逢一辆有轨电车驶过大树之间,从大海出发,驶向乡村,我们碰到了C子爵,他在C住了几周,和女儿们一起回家,他的两个女儿也是那群姑娘里最出众的,或许也是最漂亮的,其中之一便是那个抢眼的红头发。他们停步与我们交谈,我的心跳得如此之快,以至于都感受不到难以想象的快乐了,她就在我的身边。C子爵请求跟我们一起走走,T先生把我介绍给了子爵。子爵把我介绍给了他女儿。我大为惊讶,因为我周围的女孩都不像她那样。她微笑着向我伸出手,用同情的目光看着我,说:"我在C见过您几次,很高兴认识您。"但我确定她笑了,带着一丝不礼貌的戏谑。我们相互道别,第二天,我在街上靠边避让一辆路过的汽车,尚未辨认出车里挤着的女孩们,红头发姑娘微笑着向我挥手问候,仿佛我们已经是老朋友了,我匆匆地向她回礼。

贵族姓氏

七十五页

姓氏如今依然是贵族家庭最大的魅力之一,偏安特殊一隅。它通常是家族领地或者城堡之名(有时是一样的),立刻令人想到宽宅大邸,引起游览的欲望。每个贵族姓氏,其音节的生动空间,都蕴含着一座城堡,可在一个欢快冬日的傍晚,经过曲折路途抵达此地。描述周边池塘或教堂的诗篇将它的名字反复诵咏,把它镌刻在家族徽章上、墓碑上、祖先的塑像脚下及圆花窗的纹章上。你告诉我说,这个家庭已经在巴约附近的城堡生活了两个多世纪。印象中,城堡位于冬日漫长、雾气弥漫的巴约城,城堡内挂着挂毯和花饰。这名字最早源于温暖的普罗旺斯,但并不妨碍我想到寒冷的诺曼底。

贵族姓氏

就像很多树,来自印度或开普敦,如今已经完全适应了法国当地的环境,枝叶与花朵很少让人联想到异域他乡,认为它们就是本土植物。这个意大利家族的姓氏在诺曼底深幽的山谷中已然傲立了三个世纪,从地势低洼处,可远远望见城堡的红色页岩和浅灰石头的正面与迪沃河上的圣皮埃尔教堂的钟楼齐平,这姓氏像苹果树(空缺)来自开普敦(空缺)是诺曼底的。这个普罗旺斯家族的城堡在法莱兹大广场上已有两个世纪,晚上来访的宾客,十点后离开,常常吵醒法莱兹的平民。人们听到他们的步履回响,在夜里渐次蔓延至主塔广场,像是巴尔贝·多尔维利[①]的小说中描写的情节。城堡屋顶嵌在教堂的两个尖顶之间,像是诺曼底海滩上两枚镂空贝壳间的卵石,卡在两只寄居蟹的暗

---

① 巴尔贝·多尔维利(1808—1889),法国作家,作品有《恶魔集》等。

红色螯爪当中。城堡大厅陈列着在诺曼底与远东的海洋大贸易时代获取的来自中国的珍贵物件。如果赴宴的宾客来得太早,可以穿过厅堂,与住在库唐斯、卡昂、蒂里阿库尔和法莱兹地区的其他贵族成员一起在花园散步,沿着城墙环绕的蜿蜒陡坡,走到水流湍急的河边。等候晚饭的时间,可以在领地里钓鱼,像巴尔扎克在他的短篇小说里描写的一样。不管这个家族是不是从普罗旺斯迁来此地,它现在已经变成诺曼底的了,就像我们在翁弗勒尔、瓦罗涅、蓬莱维克和圣瓦斯特地区看到的粉红绣球花一样。雅克·卡蒂埃①号称从北京带回的中国釉陶,赋予了这座诺曼底庄园绚烂、古老、鲜明的色彩,那些来自异域的镶嵌饰品已成为乡村的标志。有的贵族城堡坐落在森林深处,要走很长的

---

① 雅克·卡蒂埃(1491—1557),法国航海家,1534年发现了加拿大。

路才能到达。在中世纪，人们在城堡周围只能听到号角声和犬吠声，今天，当一个旅行者晚上来此拜访，听到的是汽车此起彼伏的喇叭声，像号角声一样融入湿润的空气，穿过叶簇，浸润着迎宾花坛的玫瑰花香，低低的像是犬吠，一声声告知倚在城堡窗边的女主人，今晚她不是独自一人坐在伯爵对面用餐和娱乐。当有人对我提起普洛厄尔梅附近的一座精美的哥特式城堡时，我很可能会想到悠长的回廊，回廊下安葬着神父，他们的陵墓上盛开着玫瑰与金雀花，八世纪起他们就从这里遥望山谷。那时查理曼大帝还不存在，沙特尔大教堂的塔楼还未矗立，库赞河水深鱼聚，岸边的弗泽莱山上的修道院尚未修建。或许那时的诗歌语言还很简约，承载了过多的词语以致只能描绘熟悉的画面，免得扰乱"姓氏"这条神秘的河流，"姓氏"这一先于认知的东西使之流传，与我们梦境

七十五页

中的一切都不一样。很可能在台阶上按响门铃之后,会看见几个仆人,其中一个忧郁地走来。细长的鹰钩鼻和沙哑而罕见的嗓音会让人把他当成干涸的池塘里的天鹅的化身;另一个形容恐怖,受了惊吓似的骇人眼神使他很像一只动作生硬而敏捷的鼹鼠。在城堡宽敞的前厅里,我们会发现和别处相同的衣帽架、一样的大衣,同样的客厅里放着同样的《巴黎评论》和《文艺报》。尽管这里的一切都给人以十三世纪的感觉,可只有学识渊博的宾客,尤其是他们,才能谈论那个年代的些许皮毛(或许不需要他们多么学识渊博,只要他们聊到一些与地点相关的内容,比如对一些具体而非抽象的画面的描述,能引起人的联想就够了)。姓氏的神奇魅力对于外国贵族也一样,当德国附庸国的某个姓氏在脑海中闪过,如同一缕醉人的诗歌气息飘进霉味当中,贵族姓氏首音节的重复令人想到德国旧广场四周小杂货店里的彩色糖果；而在尾音节彩色的音色里，阿尔德格拉弗的哥特式老教堂的花窗渐次暗淡。有的姓氏以溪流命名，源自瓦尔登堡脚下的黑森林，穿越地精出没的河谷，老领主们统治的所有城堡都以此冠名。曾是路德的梦想之地，如今贵族及其所有领地都秉承这一名号。而我昨天还和他共进晚餐，他的容貌与我们无异，衣着时尚，话语现代，思想开放。当我们谈到贵族或者瓦尔登堡时，他说："哦！现今已没有王子了！"

王子的确已经没有了，只有一种情形除外，那就是在人们的想象中，他还可能存在。如今只有漫长的历史以梦想把这些姓氏填充（克莱蒙-托奈尔、拉图尔和沙丘王子）。苏格兰一座建于十三世纪的城堡，名字与莎士比亚和沃尔特·斯科特的作品中的公爵夫人的姓氏相同。在这片土地上，透纳①画过多次的修道院令人赞叹。曾经安放他祖先灵柩的大教堂已是断壁残垣，牛群在凯旋门遗迹及开花的荆棘丛里吃草。辨认出昔时教堂的痕迹，我们就更加惊讶了，于是把内在所想强加给眼前的景物：这片草坪就是教堂的中庭，这一树丛为祭坛入口。教堂是为他的先祖建造，现在仍属于他。在他的土地上，这神圣的激流，清新、神秘。一望无垠的平原，高耸着两棵山毛榉，太阳落进一大块蓝天里，两片乌云环绕，像是巨大的日晷，晷针指向午后幸福的时刻。远处的城市鳞次栉比，垂钓的渔夫幸福安详。我们通过透纳的画作认识的，走遍整个大地去寻觅的自然之美、生命圆融、时空魅力都存在于此。不用再去想透纳以及他之后的斯蒂文森

---

① 约瑟夫·马洛德·威廉·透纳（1775—1851），英国风景画家，19世纪上半叶英国学院派画家的代表。

了,他们选择了这个或者那个地方,给我们呈现了它们的独特之处与美丽,他们就有这种本领。言归正传吧,公爵夫人邀请我和马塞尔·普雷沃①共进晚餐,梅尔巴也将亲临晚宴,我无需越过海峡便可聆听她的美声了。

但就算她邀请我与一群中世纪领主共进晚宴,我也一样失望。因为现实与姓氏不可能一致,就像潜藏未知的诗歌与经验展示的现实,事物对应的词语与其真实的存在之间永远不可契合。我们先已知其名,再与其相遇,难免会失望。比如,一个有领地传承、历史悠久的伟大姓氏,或旅行者总结出的关于此地的令人遐想的魅力,总是与现实不符。但我偏偏不信,并且,打算有一天建立起与此相反的现实。以现实主义的简单观点来看,这是一种心理现实,对于梦境的真实

---

① 马塞尔·普雷沃(1862—1941),法国剧作家。

七十五页

描述也是一种现实,而且比真实的存在更加生动,它持续在我们头脑中重新组合,离开我们到过的地方,在别处延展。当它们即将被遗忘时,它们又会重新覆盖我们所熟悉的东西,成为我们眼前的"姓氏"。因为这种真实萦绕在我们的梦中,赋予儿时的故土、教堂和梦中的城堡与它们的"名字"一致的表象。由想象和欲望构成的这一表象,我们醒来时它就会消失,或一看到它,我们便又睡去。这种梦境的真实始终可以愉悦我们的心灵,而现实的存在却只会让我们感到无聊和失望。前者才是行动的原则,总是催旅者动身。多情者总是失望,却又怀着更美的愿望再度出发;因为只有那些能让我们印象深刻的书才是天才之书。

贵族不仅具有一个令人遐想的名字,而且,对于大部分家族,这些大名的背后都站着他们的父母与祖父母。依次往上推,全是响当当的姓名,插不进任何非诗意的物质。光彩之名不断嫁接,清澈透明(因为没有掺入任何下作的物质)。回溯而上,我们可以看到一个个水晶般的花蕾,如同教堂彩绘玻璃窗上的耶西①树。我们以为,这些人物的血统都非常纯正,其实他们的名字完全是想象的产物。左边一朵粉红康乃馨,树往上蹿;右边一朵犬蔷薇,树木继续上蹿;左边一支百合,茎在延伸;右边是黑种草。他父亲娶了蒙莫朗西,法国玫瑰,父亲的母亲是卢森堡的蒙莫朗西,杂色康乃馨,重瓣玫瑰。其父娶了舒瓦瑟尔,蓝色黑种草,而后是沙罗斯,粉色康乃馨。犹如只能在凡·海以森②的画中见到稀有花卉,有时候,一个古老的乡下姓名似乎不为人知,因为我们很少观赏。

---

① 《圣经》中大卫的父亲。
② 凡·海以森(1682—1749),荷兰静物画家。

七十五页

很快,我们饶有趣味地看到,从开了花的耶西树彩绘玻璃窗两边,延出另外的彩色玻璃窗,叙说着众多人物的生平,最初他们只是黑种草和百合花。这些故事很古老,绘在玻璃上,整体妙然和谐。我们见到了符腾堡的王子,其母是玛丽·德·弗朗斯,祖母生于两西西里,她的母亲是路易-菲利普和玛丽-阿梅丽的女儿。于是乎,在记忆的右边,我们发现了小彩绘玻璃,公主穿着便裙参加其兄奥尔良公爵的婚礼,以此表示不满,因为她看到前来替希拉古斯王子向她求婚的使者被赶走了。随后走来一位英俊青年,符腾堡公爵,也来向她求婚。公主高高兴兴地随他而去,临行前,微笑轻吻了立在门口落泪的父母,一动不动站在后面的用人们对她意见极大。不久,公主带病回来,产下一个男孩(正是愁眉苦脸的符腾堡公爵,顺着耶西树把我们引向她母亲,白玫瑰,我们由此跳向左边的彩绘玻璃窗），却未看到她丈夫唯一的城堡。城堡名为"幻想"，一听到这名字她就决定嫁给王子。没等看到彩绘下方表现公主垂死于意大利的四叶饰，哥哥内穆尔就赶到妹妹身旁，法兰西王后也随船队来看女儿。我们看到了"幻想"城堡，只不过，公主从未在那儿度过她动荡的生活；如同人种，地点也有自己的故事。下一幅彩绘中，在同一个城堡，我们发现了另一个王子，也充满幻想。他死得比较早，却经历了许多离奇的爱情。他是巴伐利亚的路易二世，在第一幅彩绘玻璃之下，我们看到法兰西王后留下的几个字，却没在意。那几个字是："巴勒附近的一座城堡。"我们又想到另一些异想天开的人，几乎都是皇家的，颇为凄惨，前来"巴勒附近的城堡""幻想"城堡结束自己的生命。还要说一说耶西树，符腾堡王子，愁眉苦脸，鲁伊兹·德·弗朗斯之子，蓝色黑种草。怎么,他还见着了她几乎不认识的儿子!"问过她哥哥她怎么样了,他说还不错,但医生们忧心忡忡。她说:'内穆尔,我理解你。'从此对所有的人都很温柔,不再要求见孩子,害怕泪水出卖自己。"怎么,那孩子还活着,那个王子,生活在符腾堡!也许,他跟父亲很像,也许,他继承了她的一些爱好,喜欢画画、做梦、异想天开,凡此种种,让她以为他就住在"幻想"城堡里。得知他是鲁伊兹·德·弗朗斯的儿子,他在小彩绘玻璃窗上呈现的面孔又添加了新意义。因为这些美丽高贵的名字,或没太长的历史,幽暗如森林,或历史悠久,总是投出我们所熟识的母亲眼中的光芒,照亮儿子的整个脸庞,犹如已逝崇高母亲安放所有信仰的圣体显供台,儿子的脸却是对这一神圣记忆的亵渎。因为这张脸他一刻都忘不了,那些恳求的眼神在向它告别;

因为他鼻子上美丽的线条来自母亲;因为他用母亲的微笑鼓动姑娘们纵情淫乐,他用母亲温柔看人时颤抖的睫毛来撒谎;因为母亲谈论与他无关的事时面态淡宁,这表情如今他用来谈论他的母亲,依旧淡宁,"我可怜的母亲"。彩绘大玻璃窗旁边间夹了辅助彩窗,从中,我们发现一个当时默默无闻的名字。那是侍卫队队长,也是船队的头儿,他救了王子,将王子送到海上乘公主号逃走,那个高尚而无闻的名字从此高高扬起,像路石间的一朵花,开在悲惨境况的缝隙里,永远艳照忠诚,熠熠生辉,魅力无穷。这些崇高的名字,此刻我觉得更加迷人了。我想深入王子们的心灵,只能借助回忆之光,以此透现光亮投入事物所呈现的荒唐和变形。我记得曾嘲讽一个头发灰白的男人,他禁止孩子们同犹太人说话,饭前总要祷告一番,那般庄严,那般吝啬,那般可笑,那般与人民为敌。此时此刻,当我重见他时,一个名字照亮了他,那是其父的高名,他用小艇放走了贝里公爵夫人。火红的生命之光染红了海水,当公爵夫人靠在他身上准备起航时,那灵魂是当时唯一的光。海难之魂,点燃的火把之魂,不容理辩的忠诚之魂,工作之魂。在这些名字的下面,或许能找到与我不同的东西,实际上,它与姓名是同一物质。大自然在嘲讽所有人!我还认识一个无比聪明的青年,他将是明日的伟人,不仅理解与明白,而且超越和更新了社会主义、尼采主义。我之后得知,他是在餐厅就餐那人的儿子。餐厅的英式装潢很简朴,有的像《圣乌苏拉之梦》①里的房间,或者像王后接待使者的小厅,使者恳求王后从彩窗逃出,再去海上。在我们眼里,悲惨的反光映亮

---

① 文艺复兴时期意大利威尼斯画派画家维托雷·卡巴乔(1465—1526)的名画之一。

了她的身形，抑或，也照亮了她思想的内核，照亮了世界。

伯乐芝家族的名字如此洪亮，无需依托彩绘玻璃，我在一般的橱窗里就看得到。橱窗里摆着许多迷人的格架，其上存列众多王家的珍奇纪念品。由此，我们想象出伯乐芝家族成员所住的城堡；早已得知，他们只接待晶透如玻璃的客人，皆有着响当当的名字，容不下别的人，容不下别处常有的琐杂。那儿没有门帘，甚至没有墙，仅一橱窗，置许多格架和众多珍奇之人，用萨克森陶瓷制作，如梦如幻，神奇非凡，如实说，这不会让他们的女儿们堕落，都用粉红色的萨克森陶瓷制作，大大的蓝眼睛，高傲，坚毅，如在画中，头发呈可爱的棕红色。他们超凡脱俗，只接受别的精神之名，对于他们的住处，我驱除了墙的概念，清除了别处

七十五页

有的俗物,留下来的……只有玻璃。除此之外,他们的家,确切地说,他们的私密,人们不能进入的地方,有如神秘意义的教堂,而非住宅本身。万能的教堂。

威尼斯

七十五页

我靠在床上,读着关于威尼斯的文字,阳光照在房间里,半明半暗。探身下地,踩在光影上,清爽的海风透过虚掩的房门吹进屋,带来炎日的凉爽。沿大理石楼梯而下,驻足蓝色的大运河前,定睛、凝睇、沉醉、欣悦,如同初醒时慵懒的脸颊贪恋软枕,迷乎其中,不能自拔。旅舍门口的台阶,前两级渐次被水或细流淹没,别处,都是住在海边,而在这儿,就住在海里。威尼斯城内宫殿华美,舟船辐辏,像假日广场上的车流。跳进一条贡多拉,吩咐声"总督府,圣马可广场",友人在那儿握书等候。从童年开始,每逢天清气朗的日子,"我去找你"这句话就格外有

威尼斯

魅力:日暮临近,人约黄昏,一个人走在赴约的路上,岁月美好,幸福充盈,或者沿河缓步,耳畔听得鱼儿腾跃,游聚啄食水里的面包屑。河边草地,水堇花绽放,雏菊环绕,小桥在脚下吱嘎作响,山楂树香气弥漫,摘一朵凑到鼻下却芬芳全无,或者乘着贡多拉……在这儿,你不会经过糕点店,也用不着穿越街道寻觅阴凉。船夫会把你送到目的地,途中,向岸边一指,告诉你说"Palazzo Foscari①"。建筑群伫立在蓝色的水中,坐着贡多拉缓缓靠近、经过、离开,像安娜·卡列尼娜和于连·索黑尔一样唤起你的梦,但又令你不得接近。罗斯金②小说里的主人公就

---

① 福斯卡里宫,由威尼斯总督福斯卡里委托建造,是一座哥特式风格的建筑,原本是用来接待贵客的场所,现为福斯卡里大学所在地。

② 约翰·罗斯金(1819—1900),英国作家、艺术家、艺术评论家,主要作品有《现代画家》等,维多利亚时代艺术趣味的代言人。

七十五页

在这里,可当你置身于此,却不见商店林立的街道,看不到敞篷车飞驰的马路。你只是从这些宫殿前面经过,赴一场晚宴,或利用饭前的时间拜会个熟人。所谓"威尼斯建筑的金碧辉煌""美轮美奂的福斯卡里宫",在贡多拉船夫的随手一指之下,你自然是体会不到的。但是,船夫口中的"福斯卡里"却并不比另一个"福斯卡里"少了诗意。你乘船赴约匆匆途经,很遗憾没能领略"威尼斯辉煌建筑的代表",因为那时我们敏锐的感官正感受着清晰具体的现实,层出不穷的念头、接踵而至的活动,都使我们无暇分神欣赏美景。然而,终有一天,回忆再现,它们会变得灿烂辉煌。

我穿好外套,走下大理石台阶,手臂上搭着花格呢披肩。上了贡多拉是要将它披在

威尼斯

背上的，随身带着几本罗斯金的书，仿佛准备出海旅游。几桨越过大运河，海水湛蓝，阳光灿烂，迎面呼着海风，贡多拉最终停靠在某座，像是突然从水里冒出来的庙宇近旁。别日，有人在圣马可广场等我，我从小街出发，两旁的房子靠得很近，狭窄得不像是街道，倒像是酒店内部的走廊。威尼斯的街道其实是运河，或许这正是威尼斯最令人惊奇的地方。别处的运河再多，也只是穿过城市的河道。在威尼斯，它们不仅是河道，也是水巷，有着"街巷"这个词指称的一切社会属性，因而这里的生活也承受了这种特性带来的变化。出门即意味着坐船，人们甚至不能在河岸、沙滩或海边行走。不存在通常意义上的水边漫步，你前脚一出门，后脚就上了贡多拉。门槛紧挨着街道，也就是水道，门口的石头总是被溅污、冲刷、淹没，退潮时被弃用，水上涨时又被重新淹没。贡

七十五页

多拉不仅是观光的游船,也是城市的交通工具,用于最热闹的生活,最贫穷的、最忙碌的生活,尽管它外形华丽,却服务于百姓诸事。医生坐着贡多拉出诊,主妇乘它采买,雇员也用它出行。贡多拉缓慢、安静、优雅,有着专属于富人的慵懒和梦者的闲适,但它同样可以把行李运上火车,把肉食搬到旅馆,把刚刚抓获的罪犯送往关押之地。还有专门售卖蔬菜的贡多拉以及作为灵柩船的贡多拉,送逝者去水上陵园安葬,亲人朋友隐隐啜泣,跟随其后,坐着贡多拉一路相伴。威尼斯的特别不仅在于城市的风貌,更在于城市的理念。城市的创建者们不仅给世界贡献了一件无可比拟的艺术杰作,还创造了一种迥异于旧有城市观念的社会形式,从而创造出一种新的城市布局,尤其是一种新的城市运作方式。很久以来,大海和运河只作为航道存在,捕鱼、旅行、探险、战争,都要借助航道，但不作停留。这一含义古今皆知，深入人心，而威尼斯赋予了它们新的社会功能，直至它们与城市街巷密不可分，由此从一家到一户，去商店，访朋友，做弥撒，找政府，收监下葬，这一绝妙的创造具备了超脱现有理念的力量，创造出了前所未有的城市形态。至于我们自己，要撼动关于威尼斯特性的固有观念（一座被运河分割的城市），试着确定它真正的独特之处，或许也需要一些从某种意义而言被威尼斯人反复灌输的思想解放力量，使得我们比他们少经受些磨难与劳苦。街道的含义和特征就这么被改变了（被改变是因为在那里，事物的必要性与在陆地上大相径庭），威尼斯的街道丧失了构成街道的元素，就像是死人和生者的差异。从旅馆的窗户望出，你肯定以为会对着一个小巧的后院，然而看到的都是混杂的房子，紧紧靠着，连成一片，

七十五页

绵延成街。街上的一切都像是公用的,外国人跟本地人泾渭不分,沿着街巷择屋而居。房间的窗户跟旅馆的一样,连成一片。

我臂上搭着花格呢披肩,手里拿着罗斯金的书,到了圣马可大教堂。它似乎与别的教堂不同,就像威尼斯迥异于其他城市。教堂向高处建造的可能性受了限制,只好在宽度上无限延展。神像也和我们所熟知的圣马可不同,看起来像是滑稽的奥斯曼帕夏(总督),比我们高不了多少。要想欣赏建筑的特点,必须退后,远离神像两边削平了的大理石波浪,绕行一圈,不只要向上看,还要向左向右看,仔细辨认左右两边又高又直的线条之间某种并不存在的主顶,感受我们头脑里的教堂钟楼被削了顶,变成眼前这座新奇、盛大、低矮、宽展的宏大建筑。主的神像在教堂深处,看上去像是个东方人,柔弱怪异，他的姿势如同肥胖可疑的叙利亚人，自命不凡。可见相同的信仰也会外化出各异的表征，很难在不同族群中辨认出相同的形象，所谓的高雅、仁慈、勇气、纯朴、细腻、精巧、分寸、高贵，在我们眼中都有其固定的标志，哪怕是模仿和欺骗，也必须是美的。

七十五页

普鲁斯特生平与创作年表

1871年　马塞尔·普鲁斯特7月10日生于巴黎十六区奥特伊街区拉封丹路96号。父亲阿德里安·普鲁斯特为医学教授,法国医学科学院院士;母亲让娜·韦依为富有的犹太商业经纪人之女。母亲怀孕期间正值第二帝国末期,政治动荡,巴黎受普鲁士军队围困,巴黎公社起义爆发。马塞尔曾将自身的体弱多病归因于一家人在此期间的困窘生活。

1873年　弟弟罗贝尔·普鲁斯特出生。当年8月,全家搬到巴黎八区马勒泽布大道9号,马塞尔在此居住至1900年。

普鲁斯特的父亲阿德里安教授

1881年 十岁,上中学。

春日与父母在布洛涅森林散步归来时哮喘病首次发作。

1882年 短暂就读于帕普-卡尔庞捷小学后进入孔多塞中学就读。中学期间交游甚广,并开始进入社交界,常常出入圣日耳曼区的贵族沙龙,还常与友人们在学校文学杂志上撰文。

与作曲家乔治·比才之子雅克·比才、剧

作家卢多维克·阿莱维之子达尼埃尔·阿莱维等人结下深厚友谊。

1886年　与少年时代的初恋玛丽·德·贝纳尔达基相识,共同在巴黎香榭丽舍大道边的公园玩耍。此段被普鲁斯特称为"少年时代的迷醉与绝望"的恋情终因未能表白无果而终。

热纳维耶芙·阿莱维(又称斯特劳斯夫人)举办沙龙,马塞尔·普鲁斯特作为沙龙常客,在此结识了夏尔·哈斯。哈

普鲁斯特(左)、母亲、弟弟罗贝尔(右)

玛丽·德·贝纳尔达基

斯被认为是《追忆似水年华》中人物夏尔·斯万的原型之一。

1888年　开始修习中学哲学课程，阿方斯·达尔律成为其哲学教师，对普鲁斯特产生较深影响，是《让·桑特伊》中伯利埃先生的原型。

与交际花兼雕塑家洛尔·海曼在其沙龙中相识，与之陷入精神恋爱，《追忆似水年华》中的人物奥黛特·德·克雷西即以之为原型。

1889年　通过中学毕业会考，从孔多塞中学毕业。毕业后在奥尔良法国第76步兵团服役。结识加斯东·阿尔曼·德·卡亚韦，并迷恋上其未婚妻让娜·普凯。他们分别为《追忆似水年华》中罗贝尔·德·圣–卢和吉尔贝特·斯万的原型。在阿尔曼·德·卡亚韦夫人（即加斯东母亲）的沙龙上结识阿纳托尔·法朗士。法朗士被认为是《追忆似水年华》中贝尔格特的原型之一。

普鲁斯特的恋人洛尔·海曼

在奥尔良服兵役时的普鲁斯特

1890年　结识罗贝尔·德·比伊。与莫泊桑相遇，对其作品没有好感。

1891年　结识奥斯卡·王尔德。

1892年　与中学同学费尔南·格雷格等多人共同创办文学杂志《宴饮》。

表姐路易丝·纳布尔热与哲学家亨利·柏格森完婚，马塞尔担任婚礼伴郎。

1893年　在《宴饮》杂志发表第一部短篇小说《维奥朗特或社交生活》。

在巴黎自由政治学堂（今巴黎政治学院）毕业，获法学学士学位。

挚友维利·希斯去世，希斯被认为是《追忆似水年华》中人物夏尔·斯万的原型之一。

结识罗贝尔·德·孟德斯鸠，孟德斯鸠被认为是《追忆似水年华》中的人物夏吕斯男爵的原型。

1894年　与音乐家雷纳尔多·哈恩相识。

1895年　获文学学士学位。在索邦大学修学期间上过亨利·柏格森的课。

七十五页

普鲁斯特(中)、与吕西安·都德(右)和剧作家罗贝尔·德弗雷尔(左)

    结识阿方斯·都德之子吕西安·都德。应父亲要求,通过选拔考试进入马扎林图书馆工作。

1896年 出版散文诗与短篇小说集《欢乐与时日》,题献给逝去的挚友维利·希斯,法朗士为其作序。

1897年　因作家让·洛兰在一篇对《欢乐与时日》的批评中暗示普鲁斯特与吕西安·都德间存在特殊关系而与洛兰决斗。两人均未在决斗中受伤。

阿方斯·都德逝世,普鲁斯特撰文悼念。

1898年　介入德雷福斯案,与左拉、法朗士、格雷格、莫奈、涂尔干等一大批法国知识分子一道在《时代报》发表签名请愿书,要求当局复核此案,并于此后作为旁听出席左拉诽谤案庭审。

挚友罗贝尔·德·比伊赠送普鲁斯特一本约翰·罗斯金作品的样本。

1899年　阅读与研究约翰·罗斯金的著作,并着手翻译其作品《亚眠的圣经》。

1900年　约翰·罗斯金逝世。普鲁斯特撰文悼念,并发表一系列关于罗斯金的文章。从马扎林图书馆辞职。两次赴威尼斯旅行,构成他向罗斯金"朝圣"的一部分。全家移居至巴黎八区库尔塞勒街45号。

1901年　结交安托万·比贝斯库,《追忆似水年华》中人物罗贝尔·德·圣-卢的部分灵感即来自比斯库。结交贝特朗·德·费奈隆,其身上也有《追忆似水年华》中人物罗贝尔·德·圣-卢的影子。

1902年　夏尔·斯万的原型之一夏尔·哈斯去世。挚友贝特朗·德·费奈隆进入外交界,前往君士坦丁堡任法国使馆随员,此次别离令普鲁斯特倍感绝望,心生写作长篇小说的想法。

1903年　父亲阿德里安去世。

弟弟结婚。

1904年　译作《亚眠的圣经》出版,题献给一年前去世的父亲。

参与政教分离法案讨论,在《费加罗报》发表《大教堂的死亡——白里安法案的恶果》。

健康状况恶化。

1905年　计划撰写《驳圣伯夫》和《在斯万家那边》。写作及发表《论阅读》,此文为其为罗斯金的作品《芝麻与百合》法译版所作的长篇序言。

母亲去世,马塞尔受到极大的打击。

因病在布洛涅-比扬古住院。

1906年 译作《芝麻与百合》出版。前往凡尔赛水库旅馆居住。

舅舅去世,租下舅舅在巴黎八区奥斯曼大道102号的房子。

是年起,哮喘病不时发作。

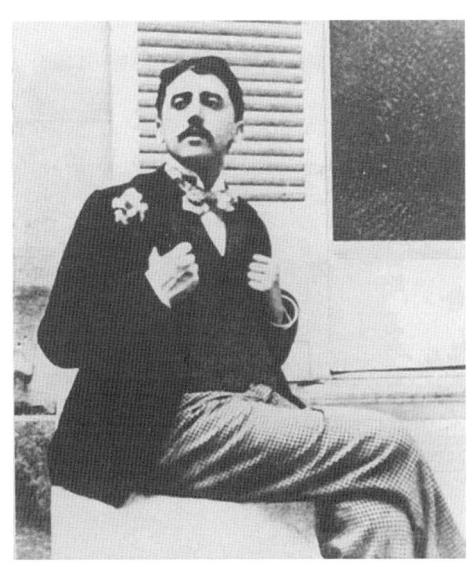

注重着装的普鲁斯特

1907年	重新开始写作。在《费加罗报》发表《一位弑亲者的亲情》一文,探讨弑亲恋母的俄狄浦斯主题。

解雇男仆于尔里克和女仆费利西·菲托,后者为《追忆似水年华》中人物弗朗索瓦丝的原型之一。

雇佣男仆尼古拉·科坦和女仆塞利娜·科坦,后者亦为弗朗索瓦丝的原型之一。

在卡堡旅行期间结识当地出租车司机阿尔弗雷德·阿戈斯蒂内利。阿戈斯蒂内利被认为是《追忆似水年华》中的人物阿尔贝蒂娜·西莫内的原型之一。 |
| 1908年 | 以"勒穆瓦纳诈骗案"为主题撰写多篇对巴尔扎克、福楼拜、圣伯夫、亨利·德·雷尼耶、米什莱、埃米尔·法盖、勒南、龚古尔兄弟、圣西门、夏多布里昂、梅特林克等名家的仿作,发表于《费加罗报》。

读龚古尔兄弟和圣西门的作品。 |

确定《驳圣伯夫》的写作计划并开始写作。

结识阿尔贝·纳米亚,后者在此后成为其秘书和财务顾问,并被认为是《追忆似水年华》中人物阿尔贝蒂娜的原型之一。

1909年　由《驳圣伯夫》转向《追忆似水年华》初稿的写作。

1910年　继续《追忆似水年华》的写作。《驳圣伯夫》遭拒稿。结识让·科克托。

1911年　完成《追忆似水年华》初稿,暂命名为《心灵的间歇》。

1912年　《心灵的间歇》第一卷因安德烈·纪德反对而遭新法兰西评论出版社(即今伽利玛出版社)拒稿。

申请法兰西学院院士遭拒。

1913年　改小说名《心灵的间歇》为《追忆似水年华》,并自费在格拉塞出版社出版第一卷《在斯万家那边》。

与失业的阿尔弗雷德·阿戈斯蒂内利再次相遇,聘用其为秘书。

斯特劳斯夫人送给普鲁斯特的记事本

1914年　阿戈斯蒂内利坠机身亡，普鲁斯特悲痛欲绝。

一战爆发，挚友贝特朗·德·费奈隆应征入伍，后于前线阵亡。

司机奥迪隆·阿尔巴雷和男仆尼古拉·科坦应征入伍。

奥迪隆·阿尔巴雷的妻子塞莱斯特·阿尔巴雷成为普鲁斯特的女仆。忠诚的女仆塞莱斯特多年后因对普鲁斯特研究的贡献而被授予法国文学与艺术司令勋章。

1915年　因体检不合格而未被征召入伍。好友加斯东·阿尔曼·德·卡亚韦于前线阵亡。

1916年　安德烈·纪德就《在斯万家那边》拒稿问题向普鲁斯特表示懊悔与歉意，决定《追忆似水年华》剩余部分由新法兰西评论出版社出版。

结识保罗·莫朗。

1918年　《追忆似水年华》手稿初步完成。

结识丽兹酒店服务员亨利·罗夏，罗夏

写作中的普鲁斯特

|||||被认为是《追忆似水年华》中人物阿尔贝蒂娜的原型之一。
1919年|《在斯万家那边》再版。第二卷《在花季少女倩影下》出版,获龚古尔奖,但广受抨击。

作品集《仿作与杂文》由新法兰西评论出版社出版,该作品集收录了普鲁斯特的九篇仿作(即前面提到的以"勒穆瓦纳诈骗案"为主题的九篇仿作)和四篇杂文(即纪念一战对卡昂、亚眠、鲁昂等地建筑造成的毁灭性破坏的《纪念被谋杀的教堂》《大教堂的死亡》《一位弑亲者的亲情》《论阅读》)。

亨利·罗夏成为普鲁斯特的秘书。
1920年|出版《追忆似水年华》第三卷《在盖尔芒特那边》的第一部分。
1921年|出版《在盖尔芒特那边》的第二部分和第四卷《所多玛和蛾摩拉》的第一部分。

健康状况恶化。

七十五页

普鲁斯特在病床上写作

1922年　出版《所多玛和蛾摩拉》的第二部分。健康状况恶化，支气管炎转肺炎。11月18日凌晨在巴黎十六区阿默兰海军上将街44号去世，葬礼于21日在巴黎十六区圣-皮埃尔·德·沙约教堂举行。被追授法国荣誉军团骑士勋章，葬于拉雪兹神父公墓。

1923年　《追忆似水年华》第五卷《女囚》，即《所多玛和蛾摩拉》的第三部分出版。

1925年　《追忆似水年华》第六卷《阿尔贝蒂娜失踪》出版。

1927年　《追忆似水年华》第七卷《重现的时光》出版。《追忆似水年华》七卷至此全部问世。

1929年　亨利·德·雷尼耶、雷纳尔多·哈恩、保罗·莫朗、罗贝尔·普鲁斯特等人在巴黎发起成立马塞尔·普鲁斯特之友协会。

1930年　《斯万之恋》由伽利玛出版社出版单行本。

1935年　弟弟罗贝尔去世。

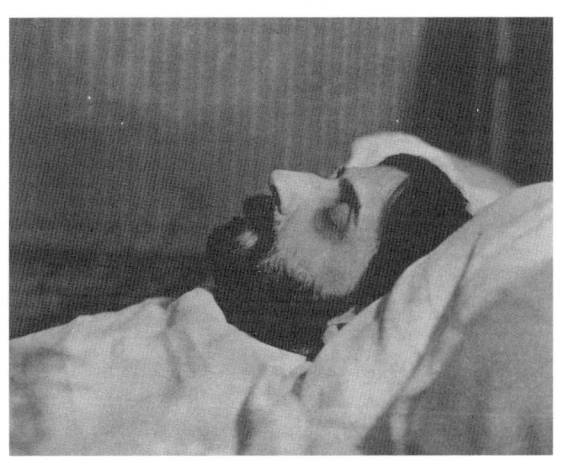

普鲁斯特遗容

1950年	马塞尔·普鲁斯特之友协会更名为马塞尔·普鲁斯特之友和贡布雷之友协会,并创办《马塞尔·普鲁斯特之友和贡布雷之友协会学刊》。
1952年	遗作《让·桑特伊》经贝尔纳·德·法卢瓦整理由伽利玛出版社出版。这是普鲁斯特的自传体小说。
1954年	遗作《驳圣伯夫》经贝尔纳·德·法卢瓦整理由伽利玛出版社出版,该作品主要批驳圣伯夫的文艺批评方法,认为文艺作品和作者个人不宜联系过于密切。由皮埃尔·克拉拉克和安德烈·费雷修订的《追忆似水年华》第六卷由伽利玛出版社七星丛书再版,用普鲁斯特生前书信中常提及的名字《女逃亡者》代替《阿尔贝蒂娜失踪》。
1970年	普隆出版社出版由菲利普·柯尔布编纂的《普鲁斯特书信集》第一卷。
1987年	格拉塞出版社出版《追忆似水年华》第六卷,根据一份新发现的普鲁斯特

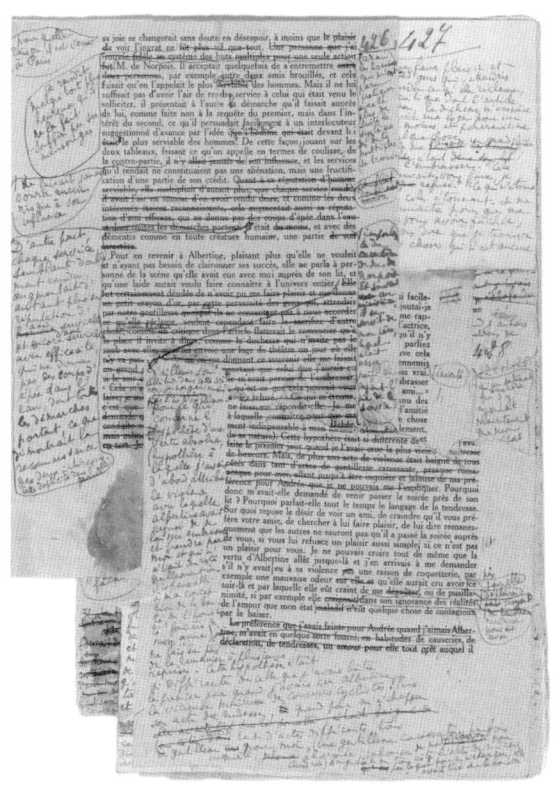

普鲁斯特作品的校样

打字稿重新使用《阿尔贝蒂娜失踪》作为该卷名。

1989年　《马塞尔·普鲁斯特之友和贡布雷之友协会学刊》更名为《马塞尔·普鲁斯特学刊》。

1993年　由菲利普·柯尔布编纂的《普鲁斯特书信集》最后一卷由普隆出版社出版,共计二十一卷的《普鲁斯特书信集》至此完整出版。

2019年　《神秘的通信者及其他小说》由法卢瓦出版社出版。

2021年　3月18日,《七十五页》首次由伽利玛出版社出版,普鲁斯特传记作家让-伊夫·塔迪埃作序,普鲁斯特的弟弟罗贝尔的曾外孙女娜塔莉·莫里亚克-迪耶尔作注及解读。

(沈逸舟辑)